KB215594

육체노동자

육체노동자

클레르 갈루아 소설

오명숙 옮김

L'homme De Peine

열림원

문은 항상 열려 있거나 닫혀 있는 게 아니다.
대부분 두 가지 경우가 공존한다.
그것이 진실이다.

파괴로 완성된 사랑을
여전히 사랑이라 부를 수 있다면

천희란(소설가)

크리스틴은 동성애자인 빅토르가 자신의 사랑을 온전히 수용하지 않을 것을 알면서도 그를 떠나지 않고, 그 사랑에 냉소와 농담으로만 답해 왔던 빅토르는 자신의 죽음을 실은 운구차에 그녀 홀로 동행하기를 바란다. 그들이 관계 맺어 온 삶 속에서 사랑과 우정, 동경과 멸시, 숭배와 모욕 같은 관념들의 사전적 의미는 해체된다. 아이러니로 가득한 인생의 기억과 헐벗은 듯 진실한 내면을 서술하는 그녀의 언어는 사회적 규범에 들어맞을 수 없는 존재에게 주어지는 절망적인 특권이기 때문이다.

단 한 사람을 사랑하면서도 애인들의 목록을 늘려 나가는 여자, 성적 매력이 교환가치가 되는 것을 혐오하면서도 자신의 아름다움을 거침없이 지불하는 여자, 세상을 만만히 꿰뚫어 보며 비웃어도 자신에 대해서는 모든 것이 불투명한 젊은 여자가 스스로를 응시하는 시선은 어리석지만 총명하고, 섬세하지만 맹렬하다. 이러한 모순과 분열은 마치 그녀가 예술가가 되어 가는 과정에서 겪어야만 하는 숙명처럼 보인다. 그러므로 누구도 자신을 상처 입히기를 주저하지 않는 크리스틴의 신랄한 고백을 연민하거나 비난할 도리가 없다. 다만 깨닫게 될 뿐이다. 그녀를 지켜보는 불안과 초조함마저 사랑이라 부를 수도 있으리라는 것을. 크리스틴이 빅토르에게 그랬듯 나 역시 기꺼이 그녀의 "명예스럽지 못한 증인"이 될 것임을. 비로소 춥고 깊은 밤에 도달한 이야기가, 두 눈을 관 속에 누운 주검의 그것처럼 감겨 올 때, 어둠 속에서 떠오른 것은 가시덤불을 뜯어 옷을 짜는 이름 모를 여자의 미소였다. 살을 베는 날카로운 옷감의 온기가 아늑했다.

차례

추천의 글 — 6

육체노동자 — 11

옮긴이의 말 — 245

내가 빅토르를 사랑한다는 걸 난 너무나 잘 알고 있었다. 하지만 그 감정은 항상 유쾌하지 못한 것이어서, 그를 사랑하게 된 지 얼마 지나지 않아서부터 난 그 사랑을 끝내야 한다는 생각에 사로잡혔다. 내일도 사람들은 보상 없는 사랑을 할 테고, 난 10년 동안 살아오면서 그 보상 없는 사랑을 굳게 믿었다. 10년 동안 내게는 스물일곱 명의 애인이 있었다. 그것은 다시 말해 빅토르에게 싫증 낸 적이 스물일곱 번 있었다는 소리이다. 그들의 얼굴을 까맣게 잊어버리는 일이 있어서는 안 되었기에, 그들의 이름으로 목록을 작성하기로 했다. 사람들은 가깝게 지내 온 이들을 기억해야 할 의무가 있다. 그리고 그건 자기 자신에 대해서도 마찬가지이다. 발가락이 잘려 나가는 것만큼이나 사진 찍히기를 두려워하는 원시인들의 미신 같은 믿음을 나 또한 가지고 있다. 아무리 대수롭지 않은 만남이라 하더라도, 만남은 그때마다 사소하게나마 상대방이 전해 오는 이미지를 간직하기 마련이다.

그동안 내가 만나 온 애인의 숫자를 세는 건 내 팔다리의 숫자를 세는 것과 같다. 내 몸을 갈기갈기 찢는 일이라도 생긴다면 모를까. 할머니 말고 날 보살펴 준 사람은 빅토르뿐이다. 그렇다고 그가 날 과잉보호했다고 말할 수는 없다. 아직까지도 난 날렵하게 빠른 속도로 달릴 수 있는 몸이고, 그라블로트(1870년, 프랑스와 프로이센(독일) 간의 전쟁이 벌어진 동북 지역) 같은 곳에서 쏟아지는 포탄 사이를 누비는 내 모습을 상상하곤 한다. 그 무엇도 내게는 심각한 것이 되지 못했다. 내가 애지중지 아끼는 수첩이 바로 그 증거다. 그 안엔 이름, 직업, 연도, 계절이 적혀 있는데, 흘끗 스쳐 보기만해도 그 나머지 것들을 죄다 기억해 낼 수가 있다. 직업 대신, 조금 민망하다 싶은 별명이 덧붙여진 경우도 있다. 예를 들면, 피에르 세나르는 '파파 보이' 베르나르 오르시니는 '중 늙은이' 에마뉘엘 테스트는 '광견병 환자'라고 적어 넣는 식 이다. 하지만 빅토르만은 빈 괄호로 그냥 남아 있다. 그 밖 의 다른 사람들에 관한 기록은 '배우' '물리학자' '영사' 같은 비교적 화려한 사회적 지위를 시사하고 있다. 그 많은 사람 중 빅토르의 마음에 드는 사람이 어째서 단 한 명도 없었는 지는 알 수 없다.

그는 조세 감독관처럼 항상 타인의 생활 방식, 그들의 영향력, 그런 것들에 대해 아주 깐깐하게 굴었다. 빅토르의 주변인들은 대부분 어느 정도 이름이 알려져 있는 사람들 이었고, 그건 그가 원하고 바라는 일이었다. 작가, 배우, 연 출가, 고위 관료, 그게 그들의 직업이었다. 물론 첫 출발부 터 그런 건 아니었겠지만 어쨌든 지금 그들의 명성은 높다. 그들의 능력이 사그라들지 않는 한, 그는 이인자일 수밖에 없었다. 그들은 주로 극장 휴게실이나 살롱 같은 은밀한 장 소에서 만났는데, 그곳의 실내장식이 질서 정연하고 호사스 러움과 안정감을 주기 때문이었다. 휘황찬란한 샹들리에는 빅토르의 정신적 혼란, 기이한 존재 방식, 규범을 완전히 벗어나는 꿈을 가리는 데 일조했다. 그는 이름만 가지고도 세상과 통할 수 있는 그런 곳에 소속되고 싶어 했다. 더 이상 느끼거나 생각할 필요도 없는 분명한 이름들, 모든 사람들에게 속해 있으며, 그리고 그 울림을 통해 당신네들을 기존 질서에 편입시켜 주는 이름들. 그의 슬픔만큼이나 견고한 이름들.

그는 자신의 재능은 아랑곳하지 않고, 타인들의 재능만을 높이 평가했다. 무기 하나 없이 자신을 속속들이 드러내 보여 주는 게 싫어서 책 한 권 쓰지 않고 오로지 훌륭한 독자이기만을 고집했다. 그렇게 그는 20년 동안 문학과 연극 비평만을 해 왔다. 지금까지 빅토르는 문학의 언저리를 맴돌며, 자신이 몸담은 문학 서클에서 자문 역할을 하는 것만으로 만족해했다. 유명한 이름들이 포진하고 있는, 성격은 좀 애매하지만 그런대로 견고한 한 문학 서클이 놀랍게도 그를 끌어들였다. 그가 그걸 소유하고 싶어 했기 때문이다. 나는 지금 수를 놓고 있는 거야, 누군지 알 수는 없지만 사랑하고 싶은 남자를 찾기 위해 나는 지금 여자가 되려는

육체노동자

거야, 그는 이렇게 말할지도 모르겠다. 확실하지는 않다. 증거를 대라면? 그가 결점을 찾아내지 못한 유일한 사람, 내 애인 명단의 첫머리에 올라와 있는 사람이 있다. 바로 라이오넬 D.이다. 그의 이름 밑에는 '동성연애자'라고 적혀 있다. 실언, 실수, 오류, 잘못, 예외 같은 것들은 우리가 보인 행동들이 결코 우리를 떠나는 법이 없다는 사실을 확인시켜 준다. 라이오넬과 내가 서로의 기억 속에서 잊히지 않을까 두렵다. 어쨌든 내가 아쉴 라르고와 결혼하기로 마음만 먹는다면, 더 이상 그를 보지 않아도 된다. 아쉴의 주변엔 라이오넬 같은 녀석들이 없다. 그에겐 라이오넬 같은 청년들이 필요 없기 때문이다.

솔직히 말해, 아쉴은 돈은 많지만 역겨운 노인네이다. 사업적인 면모를 보자면, 복잡하게 얽힌 심각한 재정적 문제에서 전문적인 수완을 발휘한다. 아주 빈틈없는, 능구렁이 같은 작자이다. 그런 반면, 받은 게 있으면 꼭 그에 상응하는 만큼 보상하려 들고 돈 씀씀이도 후한 편이다. 그런 고집 덕분에 그는 사람들에게 제법 존경을 받는다. 투자를 하는 데 있어서도, 그 투자가 어떤 것이든 간에 손이 큰 편이다. 그런 점은 내게도 마찬가지였다. 그가 이런 말을 한 적이 있다.

"앙드레와 잘 지내려면 내가 없을 때 그 녀석에게 팁을 주도록 해."

앙드레는 그의 사환 겸 운전사이다. 반귀머거리라서, 안경다리로 마이크를 가리기 위해 안경을 쓰고 다니는 남자이다. 좋지 않은 청각기관으로 인한 불이익을 그 자신이 잘 알고 있다. 여섯 발자국만 떨어져 있어도 그는 소리를 전혀 듣지 못한다. 자신의 신체장애를 잘 알고 있는 터라, 아쉴의 기분을 거스르는 일이 없도록 무척 조심하는 편이었지만 직업적 가치가 떨어지는 건 어쩔 수가 없었다. 유언 추가서 같은 사소한 법률 상식에 대해 잘 알고 있는 아쉴은 앙드레를 신체장애인으로 신고한 후 사회보장제도에서 정해 놓은 최저 급료만을 주었다. 게다가 그 월급에서 매달 식비를 제했다. 그것이 '합법적'이라는 것의 실체이다.

사귄 지 석 달쯤 지난 크리스마스 날, 아쉴은 당황스럽게도 나 없이는 하루도 지낼 수 없게 된 자신을 발견했다. 그는 자기 체면에 손상이 가지 않도록 내게 모피 코트를 사

주었다. 그가 속한 사회에서 모피 코트라는 건 누더기를 가릴 수 있는 포장지 혹은 남의 시선을 끌 일이 전혀 없는 일종의 제복에 불과했는데도 말이다. 그는 자신이 베푼 선심을 아주 시적으로 표현했다.

"널 사회적인 매개체로 삼으려는 건 아냐. 그건 그렇고 넌 정말 날 흥분시키는구나."

춥고 음산한 기운이 거리를 맴도는 어느 토요일의 잿빛 오후, 우리는 따뜻하고 호화로운 그의 차를 타고 쇼핑을 나갔다. 「프랑스 수아르France Soir」지를 대충 훑어볼 수 있도록 작은 실내등이 연결되어 있는 차였다. 아쉴은 무엇이든 빨리빨리 해치우는 성격으로, 「르몽드Le Monde」지 같은 건 읽지 않았다. 앙드레는 눈썹이 가려질 정도로 모자를 깊이 눌러쓰고 두 팔로 핸들을 꽉 잡은 채 운전석을 지켰고, 아쉴은 고개를 푹 숙이고(그는 길모퉁이마다 자신을 알아보는 사람들로 북적댈 거라고 생각했다) '대 바겐세일'이라는 광고문이 나붙은 마들렌 모피 상점으로 황급히 들어갔다. 나는 차에서 내리지 않았다. 터져 나오려는 웃음을 간신히 참으며, 이 모든 걸 빅토르에게 얘기해 줄 생각으로 아주 세세한 상황들까지 머릿속에 담았다. 4분쯤 지나, 아쉴은 축제를 기념하기 위한 목적으로 무이자 할부판매를 하고 있던 흰여우 모피를 팔에 걸치고 나왔다. 알렉상드르 헤어 디자이너가 한껏 모양을 내 다듬어 주었지만 엉성하기 그지없는 백발 아래에서 아쉴의 작고 흐릿한 두 눈이 나이에 맞지 않게 아주 쾌활한 미소를 지었다. 그에게 남은 유일한 천진함이다. 차가 출발하자, 그는 내 무릎 위에 여우 모피를 펼치고 그 밑으로 손을 쑥 집어넣어 허벅지를 쓸었다.

"근사하지, 크리스틴? 상표가 무슨 대수겠어. 이거 떼어 내고 '생로랑' 상표로 다시 붙이면 되지, 뭐!"

내 얘기를 다 듣고 난 빅토르는 숨이 넘어갈 듯 웃었다. 손짓발짓 다 써 가며, 아쉴이라는 남자가 자기가 보기엔 나무랄 데 없고 특이하며 그 누구와도 바꿀 수 없는 인물인 것 같다고 나를 설득했다.

그러고는 종이 위에 생로랑 상표를 아무렇게나 그려 주었다.

내가 그의 거실에서 붉은 창을 통해 스며들어 오는 음

육체노동자

산한 빛을 받으며 초록색 벨벳 천으로 만든 소파 깊숙이 웅크리고 앉아 톡톡 튀는 어조로 연애담을 이야기하는 동안, 빅토르는 짝도 맞지 않는 찻잔에 아주 투명한 빛깔의 차를 따랐다. 그는 그럴듯한 가구를 하나라도 손에 넣으면, 그 길로 곧장 자신의 체면에 금이 간다고 생각하는 사람 같다. 그가 물건을 사겠다고 골동품 가게의 문을 밀고 들어가는 일은 결코 없을 것이다. 오히려 그의 물건들을 팔기 위해 고물상들을 수소문해야 할 판국이다. 그에게 있어서 시간의 흐름으로부터 살아남을 물건이란 없다. 깨지기 쉬운 크리스털 컵들도 하나같이 테두리 부분에 이가 빠져 있다. 걸상으로도 쓸 수 있는 목재 테이블은 샤를이 열 살 때 만들어진 것인데, 쟁반처럼 평평한 부분이 철판에 긁혀 푸석푸석한 흠집으로 새까매져 있었다. 빅토르의 태도는 예의 바르고 흐트러짐이 없었다. 어떠한 경우에도 내 얘기를 들으며 짜증 낼 사람이 아니다. 하지만 이번엔 나의 잘못된 생각들을 바로잡아 주고 싶었던 모양이다.

"그러니까, 넌 지금 3주 동안이나 어느 불쌍한 녀석의 돈을 우려먹고 있는 거 아냐. 3주면 너무 긴 거 아냐? 세 시간이면 충분하지 않았을까? 이 골치 아픈 낭만주의자야, 직접 체험하지 않고서는 연애 시들을 상상하기가 그리 어렵든? 그게 가능해지면 넌 시간을 버는 건데. 또 나도 그렇고…….."

오늘로써 우리의 시간은 끝이 났다. 10년의 시간이 눈 깜짝할 사이에 흘렀다. 지금까지 그 부분에 대해서 진지하게 생각해 본 적이 없다. 2월 27일, 빅토르와 나는 여행을 떠났다.

난 여행 준비에 관한 한 영 젬병이다. 출발 시각보다 빨리 자명종이 울리도록 시간을 맞춰 놓고, 여행 가방도 그 전날 완벽하게 챙겨 놓는다. 아무리 그러면 무엇하랴. 마지막 순간에, 고작 포충망 하나를 집어넣겠다고 펑펑 눈이 내리는 날씨에도 불구하고 제일 따뜻한 스웨터를 꺼내 버리는 사람이 바로 나인 것을. 하지만 이번 여행만은 안 돼, 넌 잘할 수 있을 거야, 제대로 된 모습을 보여 줘야 돼, 난 스스로에게 이렇게 되뇌었다.

입술이 떨리는 걸 막기 위해 노인처럼 작은 목소리로 주절주절 떠들었다. 빅토르에 대한 세세한 기억을 떠올리기 싫어 아무 단어나 나오는 대로 중얼거리기도 했다. 유감

육체노동자

스럽게도 지금으로서는 빅토르만이 내 곁에 있다고 느껴지는 유일한 사람이었다. 빅토르의 곁에 머문다는 건 이미 예술가의 손을 떠난 그림 속으로 들어가는 것과 같았다. 그 소박한 그림이 어린이 영상 앨범에서 나온 것이든, 권위 있는 미술관이나 로제르에서 열리는 장인匠人들의 전시 판매회에서 볼 수 있는 것이든, 진정한 예술 작품이든, 아니면 눈만 피곤하게 하는 졸작이든 간에, 그 어떤 것도 내 감정을 변화시키지는 못했다. 주인공 빅토르는 상대(나)를 사뭇 조심스럽게, 그러나 분명하게 살짝 뒤로 밀쳐내면서도, 또한 서로의 거리가 마냥 멀어지게 내버려두지는 않았다. 어느 쪽으로 생각하느냐는 관점의 문제일 뿐이었다. 어느 날, 그저 관찰의 각도를 바꾸기만 하면 되었다. 한두 실루엣이 은밀하고 점진적인 변화를 시도하다 한순간 하나로 겹쳐지는 상태가 찾아올 수 있도록 인내심을 갖고 눈을 반쯤 감으면 되는 것이었다.

    우리 둘이서 빚어 낼 미학적 결과물은 한심하기 그지없었다. 빅토르의 창백한 안색, 나의 머리카락이 되어 줄, 노란 햇병아리 같은 솜털로 뒤덮인 각진 그의 턱, 넓이는 적당하지만 좀 살집이 없는 그의 어깨와 길쭉한 몸통에 붙을 빼빼한 내 두 다리, 그렇게 우리가 만들어 낸 모습은 딱하게도 늙은이나 죽은 사람의 그것과 다를 바 없었다. 하지만 우리는 만족했다, 결국은.

상투적인 애기지만 그의 옆에 앉아 고속도로를 달릴 수 있어서 다행이라는 생각이 든다. 모든 사람이 행복하게 살았던 한 작은 마을을 향해 쭉 내리뻗은, 강렬한 태양이 빛나는 남프랑스 고속도로를. 우리 두 사람말고 운전사가 한 명 더 있긴 하다. 하지만 우리는 서로에게 아무 말도 하지 않을 것이다. 그저 부드럽게 달리는 차의 속도에 몸을 맡긴 채 두 눈을 감고 의자 깊숙이 포근하게 파묻혀 가리라. 그러다 몇 시간 후면 아름다운 세계가 눈앞에 펼쳐지겠지, 하는 생각도 잠시 하고. 코르뒤레의 겨울이 여름의 행복을 앗아 간다면 또 몰라도.

지나간 열 번의 여름이 내게는 단 한 번의 여름처럼 느껴졌다. 길고 뜨거운 마법의 어느 여름날, 우리는 혼수상태에 빠지기라도 한 듯 평온하기 그지없는 모습으로 아몬드 나무 아래에 앉아 식사를 한다. 자잘한 나무 잎사귀들 사이

육체노동자

로 쏟아지는 햇빛으로, 금빛 반점들이 접시에 일렁이고 포도주 잔 속엔 장밋빛 불꽃이 피어오르며 세베로의 적갈색 얼굴은 더더욱 붉어진다. 다행히 라이오넬은 이곳에 없다. 휴우! 부모를 만나기 위해 떠나고 없는 것이다.

우리의 하루는 언제나 집의 덧창이 뜨겁게 달궈지는 시각에 시작된다. 햇빛이 우리 집을 첫 상대로 해서 원무를 추기 시작하기 때문이다. 빅토르는 발자크가 입었던 것과 비슷한 실내 가운을 걸치고 있다. 대신 빨간색이 아니라 검은색이다. 막 잠에서 깨어났을 때 그의 눈빛은 항상 조금은 험상 궂은 편이다. 양미간의 주름은 평소보다 깊고, 입은 굳게 닫혀 있다.

"어릿광대가 따로 없구만!"

세베로가 그런 그의 모습을 볼 때면 한결같이 던지는 말이다.

아침에 보는 세베로의 모습 또한 산뜻하지 않기는 마찬가지다. 그는 길고 헐렁한 흰색 티셔츠를 잘 입는데, 두리뭉실 부풀어 오른 배 때문에 셔츠가 몸에 꽉 끼인다. 가스버너 앞에 서서, 한 손으로는 비스킷 상자를 뒤적이고 다른 한 손으로는 작은 소용돌이가 일 정도로 요란스럽게 뜨거운 물을 부어 커피를 탄다. 그러면서 자꾸만 뚱뚱해져서 큰일이라고 투덜거린다. 그러다 보면 주전자 뚜껑이 바닥으로 떨어지는 건 예삿일이다. 그는 숨이 넘어갈 것처럼 비명을 지르고 한쪽 발로 껑충껑충 뛰어다닌다. 그러는 동안 나는 손잡이가 떨어져 나간 큰 찻잔들을 탁자에 놓고 빵을 자른다. 탁자는 낡은 무명천과 군데군데 누렇게 변색된 레이스 식탁보로 덮여 있다. 사암으로 빚은 단지 속엔 말린 장미꽃이 한 다발 꽂혀 있다. 빅토르는 말린 장미꽃만 좋아한다. 그게 바로 삶의 모습이라는 것이다. 아침에 난 별말이 없다. 빅토르가 날 바라보고 있기 때문이다. 그가 날 바라보면 볼수록 나는 나 자신이 점점 더 작고 말 잘 듣는 어린애가 되는 것 같다. 그렇게 작아지다 보면 급기야는 아직 태어나지도 않은 것처럼 느껴진다. 부드러운 베일에 싸인 것처럼 느껴지기도 한다.

　　창문에 둘러친 철조망 뒤에서, 말벌들은 윙윙대며 날고 고양이들은 날카로운 소리로 울어 댄다. 고양이들은 빵이며 음식 찌꺼기며 가리지 않고 뭐든지 먹는다. 심지어는 치우지 않은 신문이 있으면 그것까지 먹어 치운다. 미친 고양이들. 철조망에 뛰어올라 매달린 채 엉덩이를 보이는 고양이들의 모습이 꼭 우리의 자비를 구하고 있는 것 같다.

"멍청한 것들!"

세베로가 빗자루 손잡이를 휘두르며 날카롭게 쏘아 붙인다.

빅토르와 난 그의 등 뒤에서 웃음을 터뜨린다. 비쩍 마른 고양이들이 흥분해서 날뛰며 세베로의 신경을 자극한다. 고양이들은 폐허나 다름없는 마을 공터에 모여 살면서 대낮에도 미친 듯이 교미를 한다. 교미하는 동안 고양이들은 서로 물어뜯고 침을 흘리며 한참을 가르릉거리다가, 서로 땜질이라도 한 듯 달라붙은 채 빙빙 돌다 쓰레기더미 사이로 쓰러진다. 어떤 놈들은 아몬드 나무 가지 위에 웅크리고 앉아 비몽사몽 졸고 있다. 병색이 완연한 그놈들의 눈이 젖빛으로 흐릿하다. 하지만 빅토르는 코르뒤레에 머무는 동안 그 비참한 녀석들을 통해서 만족을 얻는다. 아주 사소하지만 확실한 삶의 부정적 측면을 볼 때면 항상 그의 입술가엔, 다른 사람 같으면 웃을 때 보조개가 생기는 바로 그 자리에, 만족스러운 작은 주름 한 줄이 지면서 노련한 표정이 떠올랐다. 고양이들이 죄다 전염병에 걸려 있었다는 사실이 빅토르의 의식을 파고들었던 것이다. 이제야 나는 알 것 같다. 그에게 있어 삶이란 한마디로 '무無'였다는 것을. 제 자신의 의미 말고는 다른 의미를 내포하고 있지 않을 거라 생각했던 그 사소한 단어를 그는 매일같이 은밀하게 읊조리고 있었음이 분명했다. 이따금씩 나는 그런 그가 지긋지긋했다.

"이번엔 정말 잘 지내보자고요."

그러면 그는 화들짝 놀란 목소리로 답하곤 했다.

"언제는 안 그랬나?"

감미롭지만 위험천만했던 과거의 영상에서 벗어나기 위해 난 다시 중얼거리기 시작했다. 처칠이 약속 시각이 임박했을 때 급사에게 자주 했다는 말이었다.

"천천히 서둘러."

또는 고대 해시계에 새겨져 있는 명구를 되풀이하기도 했다. "모든 시간은 상처를 입히고, 마지막으로 죽인다." 나무랄 데 없는 품위를 유지하기 위해 "제기랄, 로마인들이라니." 같은 말은 입에 담지 않았다. 그리고 립스틱을 바르려고 동그랗게 오므린 입으로 "고대 로마에 이런 유머와 논리가 있었다니, 라 팔리체는 단지 베끼는 자에 불과했는데." 하고 속삭였다. 이렇게 숱한 말들을 중얼거리고 나서야 난 입을 다물었다. 모든 준비가 끝났다. 나는 조목조목 자신을 체크했다. 식당에 있는 기다란 금빛 유리 앞에 차렷 자세로 서 본다. 집에 있는 가구들은 방의 크기에 비해 다 큼직하다. 모두 할머니가 물려주신 것들이다. 살아 계실 때와 조금도 다름없이 난 할머니를 사랑한다. 나는 일부러 또랑또랑한 목소리로 중얼거렸다.

"사람이 죽는 건 아무 문제도 되지 않아. 유일한 문제가 있다면 이따금씩 사람들이 서로를 지겨워한다는 거지."

유리에 비친 내 모습에 한껏 도취되어 보려고 애를 썼다. 지금은 겸손을 떨 때가 아니라 가능한 한 마음껏 거만을 부릴 때이다. 그럴 필요가 있다. 사흘 전까지만 해도 난 치명적인 실패 같은 건 내게 일어날 리 없다는 듯 저 잘난 맛으로 살아왔다고 할 수 있다. 그런데 지금은 기억에 구멍이 숭숭 뚫리고 뇌의 기능이 마비되기라도 한 것처럼, 빅토르와의 이 여행을 멀찌감치 떨어져서 바라볼 수가 없다. 몸서리쳐지는 전율로 온몸이 떨린다. 그건 마치 책을 들춰 보지도 않은 채 시험장으로 들어설 때 느껴지는 긴장감과도 같다. 자신을 되돌아볼 여유를 갖는 것이 불가능한 순간이다. 나는 스물일곱 살이다. 실패의 그림자가 얼굴에 드리워질 나이는 아직 아니다. 거추장스러운 은장식이 매달린 무거운 식탁 덮개 유리를 욕실 세면대 위로 가져갔다. 대대로 물려 가며 사용해 온 유리는 접시와의 마찰로 인해 생긴 가느다란 줄무늬 때문에 흐릿했다. 흉물스러운 모습이었다. 빅토르가 이렇게 말한 적이 있다.

"얼마나 소중하니? 너도 하루하루 줄무늬가 늘어날 텐데, 뭘 그래."

그래, 오늘 당장 해야 할 일은 아니지. 앞에 선 한 젊은 여자가 반들반들 윤이 나는 그림자의 모습으로 내 눈길에 반갑게 화답해 왔다. 양쪽에 매달린 터키석 귀걸이가 소년처럼 어정쩡하게 자른 빛바랜 그녀의 머리칼(지금 나는 머리를 기르고 있으며 원래의 머리색도 되찾아 가고 있다)을 한결 부드러워 보이게 했다. 빅토르가 관자놀이를 쓰다듬어 줄 때면

육체노동자

하늘로 날아오를 듯 행복감을 느끼던 시간은 이제 끝이 났다. 유리에 비친 그림자 여자는 까만색 가죽 바지에 파란 꽃무늬가 수놓아진 까만 스웨터를 입고, 눈이 아무리 많이 내려도 끄떡없을, 자선 수녀들이 신는 것 같은 목이 긴 부츠를 신고 있었다. 라디오에서 전하기를, 100년 동안 파리에 이렇게 많은 눈이 내린 적이 없었단다. 적절한 조처를 취해 놓았겠지. 타이어에 체인을 감으면 어떻게든 갈 수 있지 않겠는가? 혹 치아 사이에 아이스 피켈을 물고서 눈더미 사이를 기다시피 가야 하는 건 아닐까?

유리에 비친 그럴싸한 내 그림자를 보고 있자니 웃음이 터져 나왔다. 하지만 곧 도리질을 했다. 내 그림자가 유리에 착 달라붙어 떨어지지 않을 것만 같아 소름이 끼쳤다. 자명종 시계에서 둥지를 날아오르며 지저귀는 새끼새의 앙증맞은 소리가 들린다. 아침 6시 30분을 알리는 소리이다. 여름 아침이라 하더라도 6시 30분은 내가 제일 못 견뎌 하는 시간이다. 그런데 하필이면 그 시간이 계획된 우리의 여행을 위해 빅토르를 만나기로 약속한 시간이라니.

아쉴이 사 준 화려한 흰 여우 모피를 서둘러 몸에 둘렀다. 깃털 장식을 한 한 마리 새처럼 호사스러운 모피를 걸치고 코르뒤레에 도착한 나를 보고 그곳 사람들은 어떤 표정을 지을는지. 가엾은 아쉴! 빅토르와 함께 차를 타고 여행을 떠나기로 했다는 말을 했을 때 그의 얼굴엔 질투의 표정이 역력히 떠올랐다. 하지만 그런 경우 대개 그는 아무렇지 않다는 듯 관대한 태도를 보인다.

"길이 멀어서 피곤할 텐데. 니스까지 비행기를 태워 줄 테니 거기서 빅토르와 만나지그래."

아쉴의 얘기를 전해 들은 빅토르는 조용하게 그러나 거의 자지러질 듯이 웃었다. 그가 딸꾹질을 참으며 더듬더듬 말했다.

"그 사람하고 결혼하는 건 어때, 크리스틴. 너의 안정을 보장해 줄 사람인데. 넌 그럴 만한 자격이 충분해."

아! 농담으로 하는 말이 아니구나. 분명치 않은 몇 마디가 내 입술을 비집고 새어 나왔다.

"나도…… 서랍 속을 정리하듯 날 정리하고 싶죠? 모든 게 당신 뒤로 나란히 정리되기를 바라죠?"

그는 그렇다고 대답했다.

육체노동자

내 입에서 빌어먹을, 이라는 단어가 튀어나왔다.

"당신 정말 끔찍스러워. 내가 당신을 사랑하는 만큼 당신은 날 사랑하지 않아."

빅토르가 눈을 감았다.

"이런 얘긴 더 이상 아무런 의미가 없어. 그 사람은 너한텐 언제나 친절하잖아."

우리 집엔 승강기가 없다. 따라서 스타팅블록(단거리 경주에서 출발할 때 발을 걸치게 하는 기구) 구실을 해 주는 계단을 따라 4층에서부터 아래까지 빠르게 걸어 내려가야만 했다. 안데르센 동화에나 나올 법한 칠흑 같은 어둠이 날 맞이했다. 눈을 뒤집어쓰고 잔뜩 덩치가 부푼 모습으로 길에 늘어선 자동차들이 내가 좋아하는 카세트 거리를 동면에 접어든 거대한 애벌레로 둔갑시켜 놓았다. 온 세상이 깊은 잠에 빠져 있었다. 발자국 하나 없이, 살아 있는 것들의 흔적이라고는 찾아보려야 찾아볼 수가 없었다. 때 묻지 않은 추위가 매서운 한기를 폐 속으로 불어넣었다. 날 기다리고 있는 택시의 엔진 소리만이 침묵을 달구고 있었다. 어떤 소리도 용납하지 않을 것 같은 고요함 사이로 눈송이가 쏟아져 나왔다. 얼떨결에 다리 하나를 차 안에 집어넣지 않은 채 택시 문을 닫는 바람에 난 비명을 지르고 말았다. 하지만 고통을 애써 삼키며 다급하게 운전사에게 말했다.

"빨리요, 아저씨. 트리니테 성당 골목으로 가 주세요."

그가 구레나룻으로 뒤덮인 보랏빛 뺨을 내게 돌렸다. 그러고는 클러치에 발을 얹은 채 번들거리는 눈으로 날 뚫어져라 쳐다보았다.

"이렇게 이른 시간에 그런 야한 옷차림을 하고 있는 걸 보니 데이트가 있으신가 보죠?"

"그렇다면 얼마나 좋겠어요."

운전사가 핸들로 눈을 돌렸다. 보통 같으면 카세트가街에서 트리니테 성당 골목까지는 20여 분 정도밖에 걸리지 않는 거리이다. 그런데 그날 아침엔 마녀가 눈송이를 휘날리게 하기 위해 유리구슬을 이리저리 굴리기라도 하는 것처럼 차가 출발한 지 얼마 되지 않아서부터 제멋대로 놀기 시작했다. 쏟아지는 눈송이가 앞창을 가려 와이퍼가 움직일 때만 겨우 시야가 조금 열리는 상황이었다. 노란 가로등

육체노동자

불빛 사이로 떨어지는 눈송이가 너무나도 환상적으로 느릿느릿 내려오는 통에 거의 움직이지 않는 것처럼 보였다. 클리쉬가에서 차가 멈춰 섰다. 언덕을 기어오를 수가 없었던 것이다. 한참을 뒤로 밀리다가 보도 끝에 이르러서야 겨우 중심을 잡았다.

기운이 빠지긴 했지만 그리 놀랄 일도 아니었다. 빅토르와 나 사이엔 그게 유일하게 가능한 길이기라도 한 것처럼 언제나 불합리함이 존재했다. 하찮은 사고, 뜻밖의 사건, 돌발 사태, 그런 것들이 자주 끼여들어 우리의 만남을 방해했다. 흔히 설명할 수 없는 소극적 저항은 가장 평범한 제스처를 통해 드러나듯이, 보통 그런 사고를 일으키는 쪽은 나였다. 우리 만남의 운명은 바로 그런 것이었다. 바보들의 축제. 한번은 이런 적이 있었다. 어느 날 저녁, 빅토르를 만나기 위해 즐거운 마음으로 준비를 다 마친 후 현관문을 확 여는 순간, 갑자기 어디선가 강한 빛이 들어와 층계참에 내 그림자를 만들었다. 혼선 때문인지 어쩐지 전압이 급격히 오르며 좀 전에 끈 전등들에 일제히 불이 들어와 집 안 구석구석을 비추었다. 나는 허둥대는 목소리로 빅토르에게 전화를 걸어 소리쳤다.

"빅토르, 마치 초자연적인 유령이 출몰하는 루르드에 와 있는 기분이야. 무서워 죽겠어."

"무릎을 바닥에 대지 말고 계량기를 내려."

빅토르는 상대방 입장에서는 고약하기 그지없는 특유의 침착함으로, 조금은 재미있어 하면서 대답했다.

전기공도 퓨즈가 녹지 않은 상태에서 계량기의 저항선이 자동으로 갈라진 상황을 설명하지 못했다.

또 한번은, 얼굴에 시원하게 물을 뿌린다는 게 물 대신 헤어스프레이를 잔뜩 분사한 적도 있었다.

부풀어 오르고 따끔거리는 눈으로 전화기에 매달려 울먹이는 목소리로 그에게 말했다.

"빅토르, 당신을 만날 수가 없겠어."

"실컷 만났는데, 뭐. 좀 더 기다린다고 해서 달라질 건 없잖겠어?"

그렇게 빅토르는 무자비하게 웃으며 대꾸했었다.

빅토르는 우리의 약속이 아무리 어긋나도 좀처럼 실망하는 기색을 보이지 않는 사람이었다. 아무것도 요구하지 않고, 일상생활의 자잘한 근심거리들은 자연스럽게, 그리고 뜻밖의 기쁨은 아주 당연하게 여기는 걸 멋이라고 생각했다.

그는 그런 식으로 큰 성공을 거두었다. 사람들로 하여금 그의 뒤를 쫓게 만들었으니 말이다. 그렇게 달리기경주를 하는 사람들을 일렬로 정리하려면 계란 장수의 도움이라도 받아야 할 판이다. 나 또한 항상 빅토르의 뒤를 쫓아달렸다. 하지만 가끔은 그가 어디엔가 존재하고 있다는 생각만으로 몇 주일씩 만족하는 때도 있었다. 그가 보고 싶지 않을 때 그리고 명확하게 정리되지 않고 일체감하고는 거리가 먼 우리의 관계를, 공식적으로 입에 담아 본 적 없는 그 관계를 지속시키고 싶지 않을 때 그랬다. 또한 정도는 좀 덜하지만 내 앞에 선 타인의 육체를 쉽게 망각할 수 있을 만큼 완벽한 어둠 속에서도 그랬다. 대개 둘 사이의 침묵을 먼저 깨는 쪽은 빅토르였다. 그는 전화를 걸어 어색하게 말을 꺼냈다.

"너 죽기라도 한 거니, 어떻게 된 거야?"

난 무슨 일이 있나 하는 궁금증을 참지 못한다.

"당신 무슨 일 있어요?"

"아무 일도 없어. 견디기 힘들 정도로 고통스러워 그렇지."

"정신 차리는 대로 곧 갈게요."

"좀 광적인 데가 있는 여자지."

빅토르의 애인 말에 의하면, 그는 특유의 버릇대로 이렇게 혼자 중얼거리곤 했단다.

완강하다 싶을 정도로 불친절하게 대하는데도 불구하고 그가 오랫동안 사람들에게 사랑받을 수 있었다는 사실을 인정한다는 게 그에겐 한겨울 콩코르드광장을 홀딱 벗고 산책하는 것보다 더 소름 돋는 일이었을 것이며, 그로 인해 그의 수줍음 또한 큰 상처를 입었을 것이다.

10년 동안 우리 둘 사이엔 복잡한 일들이 많이 있었다. 달리 말하면, 마지못해하며 웃음 뒤에 많은 것들을 감추고 살아왔다는 얘기다. 웃기는 일이다. 서로 중첩되어 있는 그 우스꽝스러운 일들을 열 개쯤 노트에 옮겨 적을 수도 있다. 물건을 감정할 때처럼 아주 빈틈없는 합계를 낼 수도 있다. 할머니의 표현대로라면, 인생이란 일종의 대형 백화점과 같다. 일단 그 안에 들어서면 물건을 구입하고 값을 지불해야만 하는 것이다.

운전사가 액셀러레이터를 밟을 때마다 요란스럽게 부르릉거리던 택시 소리는 이제 멈췄다. 대신 차창 옆으로 소용돌이치며 올라오는 파란 연기가 모터의 공회전이 심해질수록 뿌옇게 변해 갔다. 바퀴가 헛돌면서 하얀 눈다발들이 옆으로 튀었다. 운전사가 반쯤 열린 차창 너머로 몸을 비스듬히 기울이며 고개를 뒤로 돌렸다. 그러자 회사 마크가 수놓인 커다란 녹색 견장이 그의 귀를 덮었다. 거품이 이는 것처럼 하얀 그의 백발을 어슴푸레한 빛 속에서 보고 있자니 꽃양배추 생각이 났다. 꽃양배추 머리가 낮은 목소리로 계속 집적거렸다.

"재미있는 얘깃거리가 있으면 좀 풀어 보시죠."

난 소리 높여 웃고 말았다. 사람들에겐 문제에 부딪혔을 때 그것을 역으로 표현하는 재주가 있기 마련인데, 난 오래전부터 진실만을 말하려고 애쓰며 살아왔다. 그건 정직해야 한다는 지나친 바람 때문이 아니라 나 스스로 정신적인 평온을 얻기 위해서였다. 하지만 그런 경우 내 말은 대부분 먹히지 않는다. 그렇다면 그냥 그렇게 내버려두는 수밖에. 운전사가 주름이 팬 널찍한 뺨을 내게로 돌리고 씰룩거리는 입으로 말을 건넸다.

"그런 직업적인 데이트를 앞으로 얼마나 더 할 생각이오?"

나는 시계를 들여다보았다.

"10분밖에 시간이 없어요."

7시 10분 전이었다. 빅토르와의 약속 시각이 얼마 남지 않았다는 다급함에 숨통이 조여 와 택시에서 내리지 않을 수가 없었다. 운전사는 실망하는 기색이 역력했다. 심지어는 내가 만나게 될 남자를 볼 수 없게 되었다는 사실이 불만스럽기까지 하다는 말투였다.

"내가 뭘 어쨌다고 이러시나?"

그는 이 말만 두세 번 반복했다.

대답 대신 팁이나 받아야 할 질문이었다.

난 뛰고 싶은 마음을 간신히 진정시키고 클리쉬가를 걸어 올라가기 시작했다. 몸에 두른 멋진 여우 모피가 청승맞게 물기에 젖고, 콧잔등 여기저기가 긁힌 몰골로 쌕쌕거

육체노동자

리며 빅토르 앞에 나타나 쭉 뻗어버린다 해도 하는 수 없었다. 빅토르의 체면을 깎지 않으려고 어떻게 해서든 의젓하고 우아하고 흠잡을 데 없이, 태연하고 완벽한 모습으로 나타나려 했는데. 거리에 아무도 없다는 사실이 내가 약해지는 이유가 될 순 없었다. 그런데도 자꾸 눈물이 쏟아지려고 했다. 골목골목을 속속들이 다 아는 건 물론 아니었지만, 이 길이 어느 곳으로도 통하지 않는 막다른 길인 것처럼 느껴지기만 했다. 아무것도 보이지 않았다. 나는 어슴푸레함 속으로, 눈의 장막 속으로 걸어 들어갔다. 창문으로 불빛이 새어 나오는 집은 하나도 없었다. 이곳에 사는 사람들은 일찍 일어나지 않아도 되는 모양이었다. 상가의 쇼윈도만이 불을 밝히고 있었다. 생활필수품을 파는 가게, 사제복을 파는 가게, 까만 가죽으로 된 말 장식용품들을 파는 가게, 선정적이고 야한 빨간색 속옷들을 파는 가게, 펠릭스 포탱의 제품들을 파는 가게, 너저분한 커튼 안쪽에서 조화 같은 꽃들 위에 기계로 비를 뿌리는 가게 등에서 흘러나오는 불빛들. 하지만 사람의 말소리라고는 아무리 귀를 기울여도 들을 수 없었다. 허공에 대고 소리를 질렀다.

"빌어먹을, 사랑이 날 버렸어."

주위의 고요가 견디기 힘들 정도로 숨통을 조여 오면서, 내가 내뱉은 말이 너무나도 역겹게 느껴졌다.

한순간, 매끄럽게 얼어붙은 눈송이를 통해 흰옷의 이미지가, 약간 술에 취해 웃고 있는 초대받은 자들의 영상이 내 망막을 비집고 들어왔다. 그중의 한 명이 우리의 얼굴 위에서 샴페인 병을 흔들고 있었다. 샴페인이 내 목구멍을 타고 흘러 들어왔다. 빅토르와 난 멋진 미국산 자동차의 유리문을 내리고 작별의 손을 흔들면서 푸른 하늘로 날아오를 준비를 하고 있었다.

나를 땅에 묻을 땐, 내 무덤을 파란색 꽃과 장미 향수로 장식해 주었으면 좋겠다.

난 시계를 꿀떡 삼킨 상태로 세상에 태어난 게 틀림없다. 골목 끝에 도착하는 순간, 노르트담 드로레트 옆에 있는 종탑에서 맑은 종소리가 일곱 번 울리며 밤이 끝났음을 예고했다. 몸 안에서 시계를 꺼내 쿠션을 던지듯 멀찌감치 내동댕이치고 나면 졸음도 사라질 텐데. 내가 천리안이 아닌

육체노동자

게 천만다행이지. 우편 엽서 속에서 얼핏 본 멋진 행운의 미국산 자동차를 상상할 수도 있으니. 상어의 미소를 연상시키는 크롬 처리된 그릴과 빛을 반사하는 날개처럼 생긴 네 개의 백미러로 장식된 회색의 길고 눈부신 차를. 평범한 차를 예약했다면서 빅토르가 뭐라 그랬더라? 아무 말도 하지 않았다. 당연하지. 그는 아무것도 개의치 않는 사람이니까. 차뿐만 아니라 그 밖의 다른 어떤 것도.

높다란 현관 철책이 활짝 열려 있었다. 이렇게 문이 활짝 열려 있는 건 흔한 일이 아니다. 보통 때는 여러 개의 문 중에서 앞으로 살짝 나와 있는 작은 문 하나만을 사용했고, 철책 안에 차가 들어와 있는 일도 없었다. 그런데 오늘은 차 한 대가 현관 계단 쪽을 향해 뒷문을 열어 놓은 채, 후진하기 편하게끔 주차되어 있었다. 그런 차 뒤 칸에는 어떤 종류의 짐을 싣는지 잘 알고 있었으면서도 난 계속 어리둥절해했다. 진한 색깔의 옷을 입은 두 남자가 차 앞 좌석에 앉아 있었다. 차의 실내 온도를 높이기 위해 라디에이터를 틀어 놓고서 나지막이 흘러나오는 라디오 소리에 귀를 기울이고 있었다. 그들은 내가 조금씩 다가가고 있는 걸 눈치채지 못했다. 갑자기 걸음을 떼는 게 두려워졌다. 절망과 망설임의 감정이 마음의 끈을 잡아챘고, 난 그냥 철책에 이마를 대고 그 자리에 멈춰 서지 않을 수 없었다. 더 이상 빅토르를 향한 사랑에 확신이 서지 않았다. 간밤에 그와 나누었던 마지막 입맞춤은 원망과 역겨움만을 불러일으켰을 뿐이었다.

무엇보다도, 빅토르와의 포옹은 항상 얘깃거리를 만들었다. 그는 자신의 어머니에게조차, 그것도 인사를 할 때만 손을 내밀었다. 그를 알게 된 이후로 난 한 번도 날아오를 듯 기쁨으로 충만한 뭔가를 느끼지 못했다. 그는 나와 달리 항상 자신의 감정을 네 조각으로 쪼개는 사람이다. 두 팔로 어깨를 감싸안고 귓불과 입술 끝에 키스라도 할라치면 그는 몸을 뒤척이며 투덜거리곤 했다.

"귀찮게 왜 이래. 가만 좀 놔둬."

하지만 그렇다고 해서 내 몸을 확 밀쳐 내는 건 아니었기 때문에 몇 마디 조언의 말 정도는 덧붙일 수가 있었다.

"당신 팔로 날 감싸고 꽉 껴안아 봐. 이러는 게 싫어요?"

빅토르는 입술 끝으로 살짝 "아니"라고 대답했다. 그의 품속에서 나는 자동 인형의 가슴에 안겨 있는 느낌을 떨칠 수가 없었다. 나는 엉거주춤하게 선 채로 측은함과 짜증 사이에서 터져 나오는 폭소를 참지 못한다. 빅토르가 이긴 것이다.

그렇다고 그 지점에서 완전히 멈춰 섰던 건 물론 아니다. 하지만 우리는 내밀한 느낌에 조금씩 가까워지기는커녕 서로 점점 더 이방인이 되어 갈 뿐이다. 우리의 거북스러운 관계는 두 명의 사기꾼 사이에 존재하는 바로 그것이었다. 결국 화가 치밀어 빅토르를 밀쳐 내는 건 바로 나다.

희뿌연 빛이 대지를 타고 피어오르자 어두컴컴한 하늘 사이로 빅토르가 사는 집의 윤곽이 조금씩 드러나기 시작했다. 세심하게 공을 들인 집이라고는 할 수 없다. 유리창도 깨끗하게 잘 닦인 편이 아니다. 하지만 아름다운 집이긴 했다. 아주 작지만 제법 근사하다고 할 수 있는 종루도 두 개 붙어 있고, 일 층에 있는 방에는 내부를 붉게 물들이는, 납을 끼운 스테인드글라스 장식도 되어 있다. 하지만 이 집엔 섬뜩한 내력이 얽혀 있다. 첫 번째 집주인은 금리를 받아 생활하는 돈 많은 과부였다. 그녀에겐 하녀가 한 명 있었는데,

어찌나 헌신적이고 정이 많은지 주인 여자가 그녀를 위해 유산 상속을 해 놓을 정도였다. 아, 그런데 어느 겨울밤 주인 여자가 부지깽이에 맞아 무참히 살해되는 사건이 발생했다. 아무것도 도난당한 게 없는 이 사건은 범인을 잡지 못한 채 수사가 마무리되었다. 하녀는 이 집의 주인이 되었고 이번에는 그녀가 하녀를 새로 고용했다. 새로 고용된 하녀 역시 서글서글하고 마음씨가 고와 주인의 유산 상속인으로 지정되었다. 그러나 앨프리드 히치콕의 영화에서처럼, 어느 겨울밤 부지깽이가 또 주인 여자를 내리쳤다……. 이 집 얘기를 듣고 난 후 빅토르는 기묘한 운명이 빚어 내는 어릿광대 놀음을 보는 것 같다고 말했다. 그는 자신의 양손을 비볐다. 이 집이 자신에게도 무덤이 될지 모른다는 확신을 하면서 그 운명을 피해 보려고 했던 것일까?

"부지깽이를 도둑맞는 일은 안 생기나? 내가 새로 하나 사두련만."

그는 그런 말로 나를 웃기려 들었다.

지붕이 어떤 모습인지는 모르겠다. 그동안 지붕을 유심히 본 적이 없거나, 아니면 아담한 집 정원을 드나들며 시

든 쥐똥나무가 엉켜 있는 까만 철책을 수시로 여닫으면서
도 지붕이 한눈에 들어올 만큼 충분히 뒤로 물러서서 집을
바라본 적이 없거나, 뭐 그런 것일 게다. 한가운데 라일락꽃
이 피어 있는 작은 정원은 햇볕이 들지 않아 아주 습했다.
봄이 되면 나는 층계 옆 경사면을 꾸미기 위해 앵초 한 상자
를 들고 와서 심었다. 빅토르는 그곳을 화단이라 불렀다. 그
는 내가 올 것을 미리 알고 계단에 나와 키 작은 사람들이
대부분 그렇듯이 꼿꼿하게 허리를 펴고 서서 나를 기다리
곤 했다. 어깨에 비해 조금 크다 싶은 머리, 팔꿈치가 해진
회색 스웨터, 찌푸린 까만 눈썹 때문에 사람을 비웃는 것처
럼 보이기도 하고 준엄하게 꾸짖는 것처럼 보이기도 하는
그의 표정이 눈에 들어온다. 빅토르는 잘 웃는 편이지만 그
저 미소만 머금을 뿐이다. 그의 치아를 보게 되는 일은 거의
없지만 완벽할 정도로 새하얀 것임에 틀림없을 것이다. 내
가 정작 하고 싶은 얘기는, 내게는 사람들의 치아를 유심히
살피는 버릇이 있는데 일반적으로 사람들이 그걸 가장 싫
어한다는 점이다.

　　빅토르는 마치 숨을 쉬는 것처럼 웃는다. 웃는다고 하

기엔 그의 눈가에 변화가 너무 없기 때문에 사람들은 그가 웃는지조차 눈치채지 못할 정도다. 그러니 그가 아무리 웃는다고 한들 사람들에겐 그가 별로 유쾌해 보이지 않을 수밖에. 장밋빛 리넨 치마를 더럽히지 않으려고 작은 꽃 상자를 꼭 껴안은 채 경작하기 좋게 물러진 땅에 하이힐 굽을 박으며 뒤뚱뒤뚱 걷는 내 모습을 지켜보던 그는 질책이 섞인 표정으로 고개를 설레설레 흔들었다.

"넌 정말 뭘 몰라도 한참 모르는구나! 여자가 남자한테 무슨 꽃 선물이야."

이 층에 있는 그의 방 창문에서 불빛 두 개가 새어 나왔다. 난 그 방에 자주 올라가는 편이 아니었다. 어른용 대형 침대 하나와 젊은 남자가 누울 수 있을 만한 침대 겸용의 긴 의자 하나, 이렇게 침대가 두 개나 있는 방이기 때문이다. 창유리를 통해 왔다 갔다 하는 사람의 옆모습이 보였다. 단번에 세베로와 라이오넬의 그림자라는 걸 알 수 있었다. 위층에서 소란스러운 소리가 났다. 쪽판 마루 위로 뭔가 무거운 것이 질질 끌리는 소리였다. 창문 하나가 덜컥 열리면서 그 사이로 곱슬거리는 라이오넬의 머리가 불쑥 튀어나왔다. 그는 아주 낭랑하고 당당한 목소리로 나를 불렀다.

"크리스틴, 올라와. 빅토르에게 키스라도 해야지."

난 그의 목소리에 비하면 별로 당당하지 못한 어조로 "괜찮아"라고 대답했다. 바로 그때 차 안의 두 남자가 철책 앞에 서 있는 나를 발견했고, 범행 현장이라도 들킨 것처럼 자리에서 내리며 발을 툭툭 털었다. 군모를 눌러쓴 한 남자는 뻔뻔스럽게도 내가 보는 앞에서 바지 속을 정돈해 허리춤의 매무새를 가다듬었다. 난 그를 경찰이라고 상상해 보았다. 나를, 특히 내가 걸치고 있는 모피를 아래위로 훑어보는 그의 눈길이 허리에 매달려 있는 권총 케이스를 보지 않고서도 경찰임을 금방 눈치채게 했다. 무슨 일이지? 세베로와 라이오넬과 나를 조사하러 온 건가? 나의 대답은 이미 준비되어 있었다.

"네, 경찰 아저씨, 빅토르의 뜻에 동의했어요. 지난여름 그가 이 계획을 생각했을 때 도와주겠다고 약속했어요. 그래서 그에게 말했죠. '당신이 원한다면 언제든 당신의 손을 잡겠어요'라고."

"그럼, 그렇다면……."

얼굴이 벌겋게 달아오른 경찰은 수첩에 뭔가를 기록하면서 계속 내게 질문 공세를 퍼부었다.

"그 손, 당신 손을 그래서 어떻게 했죠?"

"그가 거절하더군요. '네 손은 너무 작아'라면서요."

이런 상상의 심문은 그만 끝내자. 흰빛 한 줄기가 이 층의 창문들을 뿌옇게 비추었다. 흰빛은 휙휙 소리를 내며 창유리 사이를 뛰어다녔고 흰 눈과 라일락꽃을 향해 어슴푸레한 반사광을 쏟아부었다. 어디선가 망치질 소리가 들려왔다. 그러자 그 빛은 새파랗게 변하며 아주 날카로워졌다. 나는 양손으로 귀를 틀어막으며 엇자른 떡갈나무 널빤지와 부리 모양의 사기 장식으로 작고 예쁘게 만든 현관문을 등지고 돌아섰다. 앞으로 이 정원 안에 발을 들여놓을 일은 절대 없을 테니 이 문을 여닫을 일도 더 이상은 없으리라. 곧 빅토르가 모습을 나타내겠지. 왜 이런 꼴을 보지 않고서는 살 수 없는 걸까. 관 속에 누워 이리저리 부딪히며 새장처럼 좁은 계단을 비집고 내려오고 있을 나의 빅토르. 살아 있는 사람처럼 서서 계단을 내려와야만 하는 빅토르.

일꾼들은 계단 중간에 멈춰서서 소곤소곤 무슨 얘긴가

를 주고받았다. 바르베 상가의 한 간이 식당 얘기를 하는 듯했다. 그 바람에 빅토르의 관은 대수롭지 않은 물건처럼 해 뜰 무렵의 희끄무레함 속에 방치되었다. 게다가 의도적으로 그런 것은 아니었겠지만, 잠시 쉬는 동안 관을 판석 위로 거칠게 쓰러뜨리기까지 했다. 장례 기도를 대신해 그들의 목소리가 들려왔다.

"제라르, 줄을 더 꽉 잡아. 그리고 안전벨트를 더 높이 올려."

제법 엄숙한 분위기를 자아내는 가냘픈 트럼펫 독주 「지상에서 영원으로Tant qu'il y aura des hommes」라는 오래된 명화에서 버트 랭커스터가 두 눈을 지그시 감고 연주하는 쓸쓸한 금관악기의 흐느낌이어도 좋고, 맹목적일 만큼 예의 바르게 "아니에요, 정말 아니에요, 난 아무것도 후회하지 않아요"라고 노래 부르는 사랑스러운 에디트 피아프의 꾸밈 없는 목소리여도 좋고, 이도 저도 아니라면 성수채를 흔들며 알 수 없는 몸짓으로 신비감을 불어넣는 신부의 그 어떤 것이어도 좋았다. 약간의 장중한 느낌만 줄 수 있다면 그것이 무엇이 됐건 영혼에 해를 끼치지는 않을 테니 말이다. 잠시

일망정 세상에 홀로 버려진 빅토르는 사람들의 안중에 없었다.

서글픈 심정에 젖어 있자니 빅토르가 눈앞에 나타났다. 그가 하얀 새틴 풀솜에 코를 처박은 채 뻣뻣하게 굳은 발로 니스칠을 한 판자 사이에 서 있다. 키가 약간 쪼그라들어 있다. 목덜미 밑에 깔아 준 쿠션이 머리를 덮어 어릿광대 지팡이에 달린 우스꽝스러운 모자를 쓴 것처럼 보인다. 빅토르가 서투르게 그러나 필사적으로 내게 다가오던 바로 그 순간에 느꼈던 것과 같은 쓴맛이 입안을 감돌았다. 평상시엔 무척 유순하던 그가 원한과 격정에 사로잡히기라도 한 듯 문을 힘껏 밀었다. 그가 문을 지나자, 냄새도 없고 뭐라 말로 표현하기도 어려운 매운맛이 역류하며 내 코끝을 건드렸다. 그건 악취, 질병, 죽음을 예고하는 맛이었다. 감정을 다스리느라 처량할 정도로 지치고 기진맥진해져서야 우리의 일은 모두 끝이 났다. 두 손으로 얼굴을 가리고 시트로 무릎을 덮고 있어서 몸이 더 작아 보이는 그를 거들떠보지도 않은 채, 난 일이 마무리되자마자 말 한마디 없이 일어섰다. 옷을 갈아입기 위해 팬티와 구두를 챙겨 들고 복도로 나갔다. 카세트가에 사는 할머니를 만나러 가고 싶다는 마음만 굴뚝같았다. 할머니와 빅토르는 내가 세상에서 가장 사랑하는 사람들이다.

지하철을 타고 다닐 때 흔히 겪었던 남자들의 뻔뻔스럽기 그지없는 시선을 난 참 잘도 참아 냈던 것 같다. 은밀하고도 저속한 유혹의 시선들이 화를 돋우긴 했지만, 이를 통해 난 빅토르가 정말 점잖은 사람이며 자신을 도와 달라고 도움의 손길을 내밀기까지 항상 겸허하게 행동했던, 지상에서 정말 유일한 사람이라는 걸 깨달을 수 있었다. 난 손때에 절어 거무튀튀해진 바지 앞부분을 뚫어지게 쳐다보는 것으로 그들에게 복수를 하곤 했다.

빅토르는 몇 번 몸을 뒤척이다가 어느 순간 아예 몸을 휙 돌려 버리는 사람이었다. 그의 옆에서 잠을 깰 때면 이 세상 모든 남자들은 개 같은 존재이며 동시에 행운아라는 생각이 머리를 떠나지 않았다. 그리고 난 수녀보다도 더 순결하고 까탈스러운 여자가 되어 갔다. 내가 빅토르를 처음 만난 건 열일곱 살이 끝나 갈 무렵이었다. 처음 만난 순간부터 난 우리의 관계가 어디로 흘러갈 것인지 알 수 있었다.

그때 우리가 잠시 주고받은 짧은 대화 때문이 아니다. 비가 내리는 날이었으면 좋을 뻔했다. 그럼 서로 말을 할 일이 없었을 텐데. 하지만 그날은 햇살이 춤추듯 일렁이고 온 세상이 태평스레 떠들썩한 봄날이었다. 난 생제르맹 사거리를 걷고 있었다. 등 뒤에서, 할머니처럼 초연하면서도 활기찬 어조로 나를 부르는 코맹맹이 목소리가 들려왔다.

"귀여운 꼬마인 줄 알았더니 아가씨네?"

나는 빠르게 쏘아붙였다.

"아무 말 말고 가던 길이나 가세요!"

하지만 어깨 너머로 그를 흘낏 훔쳐본 나는 곧 생각을 바꾸지 않을 수 없었다.

"아, 아니에요, 괜찮아요."

훗날 나는 할머니에게 자주 털어놓곤 했다.

"꽃장수를 시켜 그에게 폭탄을 배달시키거나 그가 있는 카페에 살무사를 슬쩍 풀어놓고 싶은 욕구를 얼마나 참았는지 몰라요. 어떨 때는 그를 차로 밀어 버리라고 버스 운전사에게 돈을 쥐여 줄까 하는 생각도 했다니까요."

그럴 때면 할머니는 웃음기가 가신 얼굴로 말하곤 하셨다.

"그런 줄은 몰랐구나. 하지만 한 남자가 전쟁터에서 길을 잃었는데 그의 눈앞에 갑자기 또렷하게 환한 탈출구가 나타났다고 생각해 보렴. 상상할 엄두조차 내지 못했는데 그런 그의 눈앞에, 손끝이 닿을 정도로 가까운 곳에 탈출구가 나타났다고 말이다……."

할머니는 조심스럽게, 언제나 변함없이, 중요한 문제는 전쟁터에 비유한다. 할머니는 아르곤에서 할아버지를 만났다. 그때 할머니의 나이는 열여덟이었다.

세베로와 라이오넬이 드디어 현관에 모습을 드러냈다. 그들의 얼굴은 자동차 사고 현장을 찍은 사진의 뒷배경 속에 묻혀 있는 인물들처럼 뿌옇게 보였다. 그들은 가능한 한 세상에서 가장 불행한 사람이 되기로 작정한 사람들처럼 처참하기 이를 데 없었다. 평상시 빅토르에 대한 기대가 컸던 만큼 그들이 받은 타격은 참혹했을 것이다. 세베로는 선원용 파란 캐시미어 외투의 단추를 목 위까지 다 채우고 꼿꼿한 자세로 서 있었지만 눈에 띄게 수척해진 모습이었고, 라이오넬은 눈물이 그렁그렁한 눈으로 가죽점퍼에 묻힌 양어깨를 심하게 들썩였다. 사흘 전부터 그들은 면도도 하지 않고 옷도 갈아입지 않고 먹지도 않았다. 그저 쓰디쓴 블랙커피로 자신들의 슬픔을 달랠 뿐이었다. 그들은 빅토르의 침대 머리맡에 있는 소파에 편안히 앉아 있는 것조차 거부한 채, 부엌에 있던 딱딱한 나무 의자를 가져다 놓고 앉아 잠한숨 자지 않고 그를 지켰다. 무릎에 팔꿈치를 괴고 양손으로 이마를 감싼 자세로 딱딱한 나무 의자에 아슬아슬하게 앉아서. 그렇게 슬픔으로 자신을 학대한 사람은 한 명의 여자가 아니라 두 명의 남자였다. 그들은 서로 상대방의 신경을 건드렸고, 어쩌다 복도에서 부딪혀 미안하다는 말을 주고받을 때도 지나치게 신경질적인 태도를 보였는데, 자신들이 그런 상태라는 걸 전혀 모르는 것 같았다. 그들은 서로의 의자를 바싹 붙이고 앉아서 내가 빅토르에게 다가가는 걸 막았다. 난 질병의 냄새가 밴 파자마를 벗기고 그의 기분을 새롭게 해 주기 위해 출발 전에 옷을 새로 입혀야 한다고 말했다. 특히 그의 신발은 꼭 바꿔야 한다고 힘주어 말했다. 그들은 내가 지금 여성 특유의 지겨운 수다를 늘어놓고 있

　　　　육체노동자

는 것에 불과하다는 표정을 지었다.

"크리스틴, 보라고. 지금 여기 누워 있는 사람은 더 이상 빅토르가 아니야. 그는 여기 없어."

세베로가 말했다.

고의는 아니었지만 어쨌든 그들의 마음에 상처를 입힌 것도 그때이고, 날 빅토르 옆에 가까이 가지 못하게 하리라 그들이 마음먹은 것도 그때인 것 같았다. 그들이 한사코 말렸지만 난 빅토르의 몸 위로 엎어지며 그를 있는 힘껏 껴안았다. 찝찌름한 눈물이 앞을 가려 머리맡에 놓인 촛불이 빛의 거품처럼 보였지만 아주 활기차고 경쾌하게 웃으며 말했다.

"빅토르, 한 번 더 키스해 줘, 예전처럼 말야."

빅토르를 껴안고 있는 동안 내 온 육신이 얼마나 뻣뻣하게 굳어지며 얼음장처럼 차가워졌는지 세베로와 라이오넬은 알지 못했다. 시트에 찰싹 달라붙기라도 한 듯 믿을 수 없을 정도로 무거워진 그의 어깨 밑으로 팔을 밀어 넣으며 그의 뺨에 얼굴을 갖다 댔다. 나처럼 행동한 사람은 아무도 없었다. 그의 아버지도, 어머니도, 세베로와 라이오넬도, 매일 저녁 뉴스거리를 물어 오던, 소심하지만 다정했던 빅토르와 라이오넬 주변의 어중이떠중이들도 그러지 못했다. 끊임없이 연극과 노래의 흐름을 뒤쫓으며 새로운 정보를 찾아 헤매고, 성공이란 공기 속을 떠도는 유행성감기처럼 그렇게 옮는 거라고 믿고 있는 소년 소녀들 말이다. 그들은 자기네들의 믿음을 한편으로는 목둘레에 원색의 스카프를 매는 것으로, 다른 한편으로는 아무것도 하지 않는 것으로 표현했다. 정말 그랬다. 라이오넬이 전화를 걸어 "모든 게 끝났다"고 짤막한 한마디로 전한 이 비극적인 소식은 엄청난 반향을 불러일으켰다. 그렇게 그는 감정을 억누르고 떨리는 목소리로 소식을 전하며 그들에게 정신적인 도움을 청했다. 그들은 즉시 달려왔다. 예의를 갖추지 않은 평상시의 옷차림 그대로. 그러고는 미친 듯이 서로 껴안고 입을 맞추며 인사를 나누었다. 그들 중 반 이상이 이미 대머리가 되었는데도 불구하고 그들은 그렇게 젊은이들 흉내를 냈다. 흐르는 시간을 유혹하는 그 시인들은, 그러나 빅토르의 침대맡에 오래 머물지 않았다. 모두들 창백하고 해쓱한 얼굴이 되어 주춤주춤 문 쪽으로 뒷걸음질 쳤다. 아무도 더 이상

육체노동자

장난 같은 건 치지 않았다. 자기 자신의 장례식에 대해 생각했을까.

청소를 하기 위해 집에 온 그라친다도 선뜻 현관을 들어서지 못했다. 그녀는 상중이라는 걸 표시하기 위해 머릿수건을 풀고, 포르투갈에서 죽은 사람의 집은 청소를 하지 못하게 되어 있다고 말하면서 눈물을 쏟았다. 빅토르의 패거리들은 그라친다가 보여 준 행동이 유행이라면 그것마저 따라 했으리라.

모두들 빅토르의 부모 로덴바흐 부부가 나오기를 기다렸다. 에밀리엔은 루이 페르디낭이 시키는 대로 잠시 휴식을 취했다. 그녀는 자신의 심장 고동 소리를 야생동물의 무시무시한 부르짖음처럼 듣고 있었다. 듣기로, 그녀는 울지 않았다고 한다. 그녀도 어느 날인가 죽음을 맞이하지 않을 수 없겠지만, 죽음보다 앞서 찾아온 단말마의 고통이 그녀의 삶을 내리덮고 말았다. 빅토르에게 한쪽 손만을 내밀며 작별 인사를 하던 그녀였는데, 오늘만은 아들에게 입을 맞추었을까? 아무튼 나는 그에게 입을 맞추었다. 여러 번에 걸쳐 그에게 몸으로 표현했다. 남자의 품에 안긴 여자는 고개를 살짝 드는 것으로 행동에 들어가기 위한 승낙의 표시를 하는 거라고. 그러면 여자의 배 속에선 날갯짓이 조금씩 빨라지다가 솟구치며 날아오르게 되는 거라고. 빅토르는 평소처럼 나의 포옹을 거부하겠지. 그렇게 모든 것은 평소의 습관 그대로 남게 되고, 그건 그에게 영원한 작별을 고하지 않을 수 있는 최상의 방법이었다.

세베로와 라이오넬은 자신들이 서로를 질투할 게 뻔하다는 걸 너무나 잘 알고 있었다. 그래서 그들은 깨끗하지만 딱딱한 식탁 의자 두 개를 들고 들어와 침대 옆에 바싹 붙여 세우고 나란히 앉았던 것이다. 그들의 얼굴은 상실감으로 창백해졌고, 더이상 나를 거들떠보지 않았다. 그들은 끝부분이 톱니 모양처럼 생긴 유리병에 꽂힌 회양목 가지로 시선을 돌렸다. 톱니 모양의 유리병이라니. 예의를 갖추겠다는 생각이 조금만 있었다면 꽃병을 꺼내는 게 그리 어려운 일은 아니었을 텐데. 그런 다음에도 내게 늦지 않게 기별할 수 있었을 텐데. 라이오넬은 말 씀씀이에는 항상 인색했지만 배려하는 마음이 둔한 사람은 결코 아니었다. 그런데 빅토르 주변을 둘러싸고 있는 백수들의 연락처가 적힌 수첩에서 알파벳 순서에 따라 내게 전화를 하다니. 참, 내가 지금 무슨 생각을 하고 있는 거야?

믿을 수가 없다. 그들은 너무 나를 늦게 불렀다. 빅토르가 내게 작별 인사를 하지 않기를 바랐던 것이다. 하지만 그건 약속된 일이었다. 전날 밤에도 난 그에게 물었다.

"내가 남아 있을까요?"

힘겨운 호흡을 두 번 가다듬고 그는 더듬더듬 말했다.

"죽음이 진행되고 있어. 하지만 적어도 일요일까지는 버틸 수 있어."

그러고는 씁쓸함과 당당함이 섞인 미소를 살짝 지어보였었다. 그는 우리에게 아무 간섭도 하지 못하게 했지만, 그렇다고 자잘한 문제에게서 우리를 해방시켜 주는 것도 아니었다. 자기 병의 진행 단계, 갈림길, 전환기, 병이 좀먹어들어가기 시작한 육체의 공간들을 계산하면서 우리의 가슴이 찢어지는 걸 보는 기쁨에 젖는 듯했다. 그는 병이 자신의 폐 속에 들어앉아 뿜어내는 고철 소리를 통해 죽음이 찾아왔음을 알았고, 시간이 다 되면 자신의 힘으로 갈 수 있는 길 끝까지 가서 멋지게 엄지손가락을 들어 올리리라 결심했다. 진단 결과가 나오자 그는 친절하게도 자신의 결심을 우리에게 통보했다. 몇 주 전부터 간질간질한 느낌이 그의 신경을 건드리기 시작했다. 마비 증세의 첫 번째 징후였다. 손쓸 방법이 없이 마비 증세는 곧 그물을 치기 시작했고, 그는 거미줄에 걸린 파리의 운명처럼 몇 달 동안 그 그물망에 잠복해 있던 단말마의 고통을 피할 수 없게 되었다. 그는 계획을 단행하기 위해서라도 우리에게 위로의 말 몇 마디쯤 할 수 있으련만 그러지 않았다. 여전히 평상시처럼 장난기가 넘치는 모습을 보여 줄 뿐이었다. 그날, 그가 무슨 말을 했는지 기억이 흐릿하다. 단지 처음 몇 마디만이 생각날 뿐이다.

"신경의 노화가 진행되고 있는 모양이야……."

그리고 무슨 말인가가 계속 이어졌다.

그의 말에 충격을 받은 것도 사실이지만 난 어느 정도 그에게 설득을 당하고 있었고—그의 목소리에서 배어 나온 당당한 만족감은 아직도 이해하기가 어렵지만—그래서 그를 위해 준비해 둔 유일한 말을 입에 올렸다.

육체노동자

"난 항상 거기 있을 거예요. 내가 당신의 손을 잡아 줄게요."

"흥, 네 손은 너무 작아."

빅토르의 대답이었다.

8월 말, 장마가 시작되기 전이었다. 제비꽃이 만발한 언덕 주위로 구름이 드리워져 녹이 슨 듯 초록빛이 감도는 진한 장밋빛 석양이 깔리던 어느 날 저녁이었다. 코르뒤레를 가로지르는 내리막길이 무너진 바위 더미 사이로 깎아지른 듯 내리뻗어 있다. 빅토르는 돌 하나하나를 건너뛰면서 야생 로즈메리 새싹들을 따 모았다. 그리고 그 새싹들을 구기듯 부수어 입에 대고 숨을 들이마셨다. 까만 수영 팬티만을 걸친 그의 몸은 햇볕에 그을려 구릿빛을 띠었다. 그의 날렵한 움직임은 육체의 기쁨을 한껏 표현하고 있었다. 온몸이 마비되었는데도 그는 나보다 더 원기 왕성해 보였다. 어느새 내게도 그의 짓궂은 농담을 농담으로 받아들일 수 있는 여유가 생겼다. 심지어는 그보다 한술 더 뜨기까지 했다.

"당신이 숨을 거두려고 하면 세베로와 라이오넬이 당신 발을 한쪽씩 붙잡고 늘어지겠죠, 안 그래요?"

효과는 만점이었다. 빅토르가 허리를 붙잡고 웃음을 터뜨렸다. 그건 말 울음소리 같은 웃음, 다른 사람들은 너무 멍청해서 이해할 수 없는 사실을 혼자 알고 즐기는 사람의 웃음, 바로 그것이었다. 내가 지금까지 한 번도 들어 본 적이 없는 웃음이었다. 그 웃음은 내 눈앞에 물처럼 투명한 거울을 펼쳤다. 전에 없이 즐거워하는 빅토르를 보고 있자니 마치 그를 빼앗긴 것만 같았다.

"크리스틴, 우리는 지금 몰리에르 작품 속에 들어와 있는 게 아냐. 죽는 건 내 몫이고 우는 건 네 몫이야."

"나쁜 사람."

난 그 어떤 것도 감당할 수 있다는 듯이 또박또박 말했다.

"당장 죽을 사람은 안색부터가 다르다는 것 정도는 당신도 잘 알 거야."

빅토르가 내 손을 잡았다. 그리고 차례로 그의 뺨, 어깨, 가슴, 허리로 내 손을 가져갔다. 그제야 그가 정말로 병든 환자라는 사실이 실감 나기 시작했다. 그 부드러움, 그 자연스러움은 평상시 그에게서는 찾아볼 수 없는 것이었다. 하지만 그의 피부는 건강한 구릿빛이었고, 따뜻하고 생

육체노동자

생했다. 이번엔 내가 웃기 시작했다. 그에게 다가가 내 이마를 그의 이마에 맞댔다.

빅토르는 기쁘게 내 마음을 어루만져 주어야 한다고 생각했는지 내가 하는 행동을 뿌리치지 않았다.

"앞으로는 내 몸 구석구석을 만져도 돼. 이제 난 아무것도 느낄 수가 없어."

빅토르는 수다쟁이 폭군이라도 된 듯 세베로와 라이오넬에게 각각 독점의 특권을 부여하면서 서둘러 자신의 속내를 털어놓았다. 예전과 다른 그를 지켜보며 우리는 이상한 느낌을 떨칠 수가 없었다. 곧 우리의 의심은 확신이 되었다. 뭐라 표현할 수 없는 기막힌 감정이 우리의 말문을 막았지만 그의 앞에서는 세련되게 품위를 유지하고 싶었다.

"세베로, 구운 고기를 내놓을 땐 꼭 그 전에 소금을 뿌리도록 해."

평소의 우리라면 이렇게 말했으리라. '이 바보야, 넌 빅토르가 이젠 소금 그릇을 집을 수 없게 되었다는 걸 모르니?' 하고.

우리는 작은 것에서부터 눈물겨운 투쟁을 벌이기 시작했다. 동시에 격앙된 감정을 다스리며 나름대로 그의 슬픔을 껴안으려 애썼다. 라이오넬은 40권으로 된 전집 『세계의 불가사의들』과 복도에 걸려 있는 중국 가면들을 조심스럽게 하나하나 감추기 시작했다. 세베로는 20년 전에 빅토르와 함께 피렌체를 여행하던 길에 산 잡동사니를 담는 액세서리 상자를 찾기 위해 여기저기 뒤적이면서도 예의 그 호령하는 수위 같은 말투를 애써 삼갔다. 그동안 라이오넬이 그 상자를 은근히 탐내 왔었던 것이다.

하지만 난 겁쟁이에 불과했다. 빅토르를 만나기 위해 그 집의 까만 철책문을 민다는 게, 내게는 그러잖아도 하나씩 쓰러져 가고 있는 도미노 패 하나를 일부러 넘어뜨리는 것처럼 느껴졌다. 최초의 충격 하나만으로도 도미노 패들은 완전히 쓰러지게 되어 있지 않은가. 나는 빅토르를 만나는 횟수를 줄였다. 나의 시간은 더 이상 내 것이 아니었다. 그 무렵 난 아설 라르고를 만났다. 몇 번의 간단한 스크린 테스트를 받고, 영화 속에서보다는 침대 속에서 더 많은 역할을 맡아 했던 별 볼 일 없는 한 여배우의 집에서 어쩌다

육체노동자

샴페인을 같이 마시게 된 게 계기가 되긴 했지만, 확실히 우연한 만남이었다고 말할 수는 없다.

내가 베로니카를 처음 안 건 빅토르 뒤뤼 고등학교 1학년 때였다. 시간이 흘러 난 시사성이 있다고 판단되면 침팬지나 프로듀서, 그리고 바다 돌풍의 사진도 게재하는 『여자의 인생』이라는 잡지사에 근무했기 때문에 우리는 심심찮게 만날 수 있었다. 베로니카는 자신이 날 보살펴 준 것에 대한 고마움의 표시로 내가 그녀에게 화려한 날을 가져다줄 것이라 믿고 있었다. 그녀는 까만 머리와 보이오티아(그리스의 수도 아테네 북서쪽에 위치한 지역으로 고대 도시 유적이 다수 남아 있으며 오이디푸스가 보이오티아의 테베에서 태어났다)의 작은 상像에서 볼 수 있는 아름다운 호박색 피부도 가지고 있다. 하지만 이제는 빨간 새틴 천이나 하얀 가죽으로 만든 끈 없는 브래지어가 그녀의 양 겨드랑이 밑을 아프게 죄고, 옅은 보랏빛 테두리는 그녀의 벌거벗은 등짝에 깊은 자국을 내는 지경이 되었다. 그녀는 뚱뚱해지고 있었다. 화려한 장밋빛 날들이 생각처럼 그렇게 쉽게 오지 않을 거라는 걸 잘 알고 있는 그녀는 자신의 매력을 파는 것 외에 별도의 업

무 하나를 추가했다. 국내외의 기업인들이 모이는 상류사
회에 소녀들을 붙여 주는 일이었다. 그녀의 집에서는 멋진
여자를 동반하고 온 남자에게 '댁의 아내분이십니까?'라고
묻는 실수를 저지르는 사람이 하나도 없다는 사실을 제외
하면 난 아무것도 몰랐다.

　한참이 지난 후에야 아쉴을 통해 그녀에 대한 얘기를
들을 수 있었다. 까만 옷에 하얀 앞치마를 두른, 피부가 노
르스름한 세 여자가 진수성찬을 담은 금빛 쟁반들을 들고
사람들 사이를 종종걸음으로 누비고 다닌다는 사실도 알게
되었다. 세 여자는 다름 아닌 베로니카의 이모, 엄마, 언니
라는 것이다. 그녀들은 밤에는 좁은 부엌방 침대에 포개지
다시피 틀어박혀 있고, 낮에는 부엌에서 일을 한다고 했다.

　침울한 기분으로 거리의 극장에 다녀오는 길에 베로니
카의 집에 잠시 들렀다. 사람들이 자유자재로 움직이며 휘
젓고 다니는 걸 볼 수만 있다면 조금 따분한 것쯤은 아무 상
관이 없었다. 거미가 빠른 속도로 움직이며 빅토르의 몸에
집을 짓고 있는 판국에 뭐가 그리 대수이겠는가. 집게발을
가진 예술가, 거미 예술가는 빅토르의 팔다리 속에 그물망

을 열심히 치고 있었다. 10월에 벌써 그는 납으로 가득 찬 마네킹처럼, 혹은 앉은뱅이처럼 뻣뻣하게 몸이 굳기 시작했다.

적당한 때가 따로 있는 건 물론 아니지만, 아무튼 아쉴은 정말 때를 잘 맞춰 내 앞에 나타나 주었다. 베로니카의 집에서 맨살이 다 드러나는 여자들의 등, 샤넬 브랜드의 머리 리본, 진주, 인조 보석들 사이에 섞여 앉아 있는 내 모습은 어색하기 짝이 없었다.

"가짜 별들이 휘청대는 집에서 고아 소녀처럼 까만 옷 속에 숨어 무얼 하고 계십니까? 베로니카는 만인의 부러움을 받는 아가씨지만 가족들을 부양하고 있는 몸이기도 하죠, 알고 계셨어요?"

아쉴이었다. 정성스럽게 매만진 백발, 민첩해 보이는 작고 파란 눈, 평범해 보이지만은 않는 활달한 인상이 눈앞을 가로막고 서 있었다. 그곳의 혼잡은 이루 다 말할 수가 없었다. 참수형을 당한 사람들의 머리만이 둥둥 떠다니는 것 같았다. 머지않아 내 젖가슴을 낚아채는 데 성공하게 될 그의 손(골이 패고 까칠까칠한 그의 손톱이 한눈에 들어왔다)이 내 팔을 잡았다. 그리고 조용한 다른 곳으로 가서 시원한 샴페인 한잔하면 어떻겠냐고 아주 정중하게 청했다. 지금까지 그는 첫 만남의 순간에 보여 주었던 정중함을 그대로 유지하고 있다.

아쉴은 젊지도 않고 멋진 외모의 소유자도 아니다. 하지만 함께 있는 사람의 기분을 헤아리며 경쾌한 유머를 구사할 줄 아는 사람이다. 친근감이 넘치는 태도는 그의 나이를 잊게 해 준다. 중·고등학생처럼 익살스러운 장난을 치는 모습만 봐도 그렇다. '내게 상처를 주는 그대지만 그래도 나는 사랑하네'라고 읊조리며 내 손을 확 잡아당겨 어딘가를 만지게 하려다 말고는, 곧 후회하는 몸짓으로 손가락 끝에 입을 맞추는 팬터마임을 보여 주는 사람. 함량 미달의 익살꾼, 나이 많은 새끼 돼지. 어찌 된 영문인지 난 그날 막심 식당으로 가자는 초대도, 투르 다르장으로 가자는 초대도 거절했다. 대신 뤽상부르가에 있다는 그의 저택에서 소박한 저녁 식사를 하자는 청을 받아들였다. 하지만 다른 손님들이 갑자기 들이닥치는 사태라도 벌어졌더라면 좋았을 걸 그랬다. 그러면 디저트를 먹으며 이런저런 달콤한 이야기

육체노동자

들로 날 유혹하던 그에게서 벗어날 수도 있었을 텐데.

보청기용 안경 때문에 앞으로 약간 돌출되어 보이는 눈과 말귀를 잘못 알아들을지도 모른다는 불안 때문에 흔들리는 시선을 가진 앙드레를 그날 저녁엔 만나지 못했다. 현관문을 살짝 열자 어슴푸레한 빛을 반사하는 붉은 양탄자가 눈에 들어왔다. 호기심을 누르고 말없이 벗은 내 외투를 집주인인 그가 몸소 받아들었다. 우리는 금빛으로 반짝이는 승강기를 타고 여자용 침실로 직행했다. 반쯤 열린 문을 밀고 들어서자 화려한 비단 시트를 깔아놓은 정갈한 침대 하나가 눈에 들어왔다. 아쉴은 파란색 세일러복을 입고 첫 영성체를 하는 사람처럼 말 한마디 하지 못한 채 어색하게 굴었다. 나는 속으로 뇌까렸다. 멍청한 남자 같으니.

개인 저택, 장밋빛 식탁보, 대형 샹들리에, 온갖 종류의 은제품들, 푸아그라(거위나 오리의 간으로 만든 파이)가 내 앞에 펼쳐졌다. 비상 출구를 눈여겨봐 두기 위해 짧게 세 번 눈을 굴렸다. 그런데 그 망할 놈의 남자가 이미 열쇠로 문을 잠근 뒤였다. 첫 시도로서 난 의젓함을 선택하기로 했다.

"아쉴, 정말 멋진 집이네요. 꼭 그레뱅 미술관 같아요."

그의 귀에는 아무 소리도 들리지 않았다. 사람의 목과 관자놀이가 그렇게 어둡게 변할 수 있다는 걸 난 그때까지 몰랐었다. 그 어두운 빛은 곧 그의 얼굴 전체로 번졌다. 연보랏빛이라고 해야 할까. 어떤 의미에서 그는 운이 좋았다. 아니면 평소에도 항상 운이 좋은 사람이었든지. 마침내 제정신을 잃은 그는 음란한 말들을 미친 듯이 쏟아 내며, 한물간 자신의 심벌을 바지 밖으로 꺼내 놓고서는 그것이 저절로 커져 가는 모습을 지켜보았다.

베로니카에게 고마움을 표시할 기회가 생겼다. 그녀가 그렇게도 고대하던 빛나는 날이 곧 올지도 모르겠다. 『여자의 인생』에서, 난 사진을 선택하고 그 사진을 뒷받침해 줄 이야기를 쓰는 그런 일을 맡고 있다. 그때 우리는 여러 가지 행동을 통해서 다른 여자들의 정신을 매혹하는 여성들의 목록을 뽑고 있었다. 편집실 주필인 자클린느 자크는 뻣뻣한 머리를 뒤로 바싹 붙여 올린 머리와 트위드 망토를 어깨에 걸친 모습으로 회의에 나타나, 우리가 준비해 온 기사를 체크하고 결정하는 과정에서 매번 같은 말을 반복하곤 했다.

"잊지 않도록 하세요. 벽에 발길질하는 일 없이 남자들

육체노동자

의 보호 아래 자신의 생활에 만족하며 살아가는 여자들과 우리가 뽑은 여자들을 분명하게 구분 지어야만 합니다."

우리는 한 여자 무용수의 사진을 찍었다. 그녀가 선택된 유일한 이유는 일주일에 딱 한 번만 식사를 한다는 것이었다. 난 베로니카의 인물 사진을 두 장에 걸쳐 크게 실을 작정이다. 피부의 땀구멍 하나까지 확연히 다 드러나도록 얼굴을 클로즈업해서 찍는, 조금은 야비한 계획이었다. 그리고 이런 표제를 달 생각이다. '마흔 살에도 지금의 이 미모를 계속 유지하기 위해 그녀는 어떻게 할 것인가?' 그녀는 만인의 감탄을 자아내게 될 것이다. 앞으로는 자신의 나이를 밝히는 일이 없을 테고, 그러면 스물일곱이라는 나이는 그녀의 영원한 젊음이 될 것이다. 거기에 이렇게 덧붙여 쓰리라. '이 젊은 여자는 박하사탕을 빠는 일에 있어 세계기록 보유자이다.' 아주 좋았어. 자클린느 자크는 기록을 갱신하는 여자들을 좋아하니까.

아쉴과의 일을 빅토르에게 낱낱이 고백하지는 않았다. 그는 이제 더 이상 날 지켜 줄 수 없는 몸이 되지 않았는가.

그날 밤에 있었던 일을 조금은 음탕하게, 하지만 모욕적이지는 않을 정도로 각색하여 그에게 들려주었다. 그는 까만색 중국 서랍장과 눈 뜨고는 봐 줄 수 없는 흠집투성이의 작은 진홍색 의자들 사이에 몸을 웅크린 고양이와 장난을 치며, 식탁보가 뒤집히는 것도 모른 채 쉿소리를 내며 웃었다. 그 고아 소녀는 제정신이 아닌 상태이긴 했지만 그래도 아쉴 라르고가 누군가를 함부로 취할 위인이 못 되며, 그런 끔찍한 일은 다른 사람들에게나 일어나는 일이지 자기 자신에게 해당되는 일이 아니라고 생각했다는 얘기를 하는 대목에서는 박장대소를 했다.

돌연 그녀는 미소를 지으며 스타킹을 벗었다. 그리고 부드러운 눈길로 그를 훑었다.

"당신, 피곤하지 않아요? 그럴 텐데."

슬픔의 눈물 같은 건 흘리지 않았다. 그저 그에게 깊은 입맞춤을 했을 뿐이다. 아쉴은 계속 어안이 벙벙하여 어쩔 줄을 몰라 했다. 결코 기대하는 일만 일어나는 건 아니다. 어쨌든 아쉴과의 심심풀이 만남은 완전히 성공적이었다.

향기를 뿜어내는 그의 늙은 육신과 지나치게 부드러운

육체노동자

살은 고통도, 희망의 부재도 함께 나눌 수 없었다. 구겨진 옷을 감추기 위해 외투를 꽉 여미고 도망치듯 그 저택을 빠져나오며 내가 느꼈을 엄청난 혼란도 그는 느낄 수 없을 터였다. 그 순간 우리는 서로 아무 말도 하지 않았지만, 아주 밀접하게 얽혀 있는 욕망과 경멸이 내 머릿속을 파고들었고 빅토르의 얼굴을 일그러뜨렸다. 아쉴의 쾌락은 학교에서나 볼 수 있는 연습용 바이올린에서 뽑아낸 현처럼 올올이 닳아빠진 것이었다. 많은 학생이 서투른 활놀림으로 삐걱거리게 만들었을 바이올린 현. 어떤 음들은 아예 소리 내지도 못했지만 나머지 음들은 계속 노래 부르고 싶어 했다. 소나타의 세례를 받은 후 운율이 맞지 않는 전주곡과 사라반드를 연주해 온 그 바이올린은 초심자 수준의 음계만을 알고 있었지만(아쉴에 비하면 스물일곱 살밖에 안 된 나는 이미 할머니나 다름없었다) 재생의 삶을 살고 있었다. 난 빅토르 앞에 앉아 아쉴과 내가 함께 연주한 여명악의 레시터티브(오페라나 종교극 등에서, 대사를 말하듯이 하는 부분)를, 그 리듬과 색채와 살과 과육을 묘사했다. 악보를 읽는 방법을 익히기도 전에 마드모아젤 드 라 바르의 '베르사유 궁전의 가창법'을 꿰뚫게 되었다고 자랑 삼아 떠벌렸다. 하지만 그건 진실도 아니고 농담도 아니었다. 예전의 쾌활함이 여전하다는 걸 증명이라도 하듯 플러시 천으로 된 초록색 소파에 기대앉아 흥분한 어조로 늘어놓는 나의 객설을 듣고 있던 빅토르의 얼굴에서 이마에 팬 주름이 펴지며, 동시에 화난 듯한 표정도 사라졌다. 그가 혈기왕성하게 웃으며 머리를 한껏 뒤로 젖히고 하얀 치아를 반짝이면서 말했다.

"넌 비올라 다 감바(옛날의 첼로의 일종) 연주자로 위장한 범죄자야. 불쌍한 아셜. 현이 이미 그의 목을 감기 시작했는데 그걸 눈치채지 못하고 있으니."

다음 순간 침이 주르륵 흐르며 그의 인두를 적셨고, 목덜미가 빳빳해지면서 웃음도 잦아들었다.

"좀 피곤해. 이제 그만하는 게 좋겠어."

그것으로 충분했다. 더 할 말도 없었고. 이제 아무 말 하지 않는다 해도 그것으로 충분하다는 걸, 유감스럽지만 우리는 잘 알고 있었다.

지난 몇 주 동안은 어려움이 많았다. 아셜 라르고는 마라케시, 제네바, 브뤼셀, 마드리드 등으로 출장을 갈 때마다 날 끌고 다녔다. 우리는 솜털 구름이 흐르는 하늘을 날았고, 창을 통해 구름 덮인 푸른 땅을 굽어보며 목이 긴 장밋빛 술병에서 샴페인을 따라 마셨다. 아쒤은 장난기가 가득한 작은 눈을 굴리며 신문으로 우리의 무릎을 덮은 후 내 손을 자신의 바지 위로 가져가곤 했다. 그러면 난 그의 바지를 주무르며 그가 하는 대로 내버려두었다. 빅토르가 생각났지만 후회가 되지는 않았다. 난 이 사기 행각을 충실히 따르기로 작정했던 것이다.

세베로와 라이오넬은 빅토르와 날 만나지 못하게 하고 싶은 욕심 때문에 내 의자를 빼앗고 멀리 내쳐 내가 오랫동안 그들 곁을 떠나 있기를 바라지 않았을까? (빅토르는 이렇게 말하겠지. '넌 왜 항상 바보 같은 소리만 하니?')

빅토르의 시신을 지키고 앉아 있는 그들의 의자 등받이를 손으로 짚고 서서 체중이 실리는 다리를 번갈아 바꿔줄 때마다 의자에서 삐걱거리는 소리가 요란하게 났지만 그들은 숨소리만으로 반응하며 잘도 참았다. 그런데 이건 또 무슨 일이람. 호흡기관인 폐에 이상이라도 생긴 것인지 갑자기 가슴이 답답해졌다. 이럴 때 아무 이상 없다는 듯이 시치미를 떼는 방법은 신발 속에서 발가락들을 꽉 오므리는 것이다. 바로 그때 라이오넬이 재채기를 했다. 재채기라고 하기에는 쇳소리가 너무 강했다. 별 뜻 없이 그에게 말했다.

"시원하시겠어요!"

우리 둘은 웃음을 터뜨렸다. 뜻밖에도 웃음은 잠시나마 눈물을 잊게 해 주었다. 하지만 행복을 기원하는 말 같은 건 나오지 않았다. 그래도 할 수 없는 일. 마음속의 말을 꺼냈다.

"라이오넬, 벌써 빅토르의 빈자리가 절실한 거 있죠. 익숙해지지 않을 것 같아요."

라이오넬이 말했다.

"동감이야."

라이오넬의 목소리는 더할 나위 없이 매혹적이며 음악적이다. 고양이 눈을 가진 천사의 목소리. 그는 생각만큼 그렇게 젊지 않다. 머리카락이 이마 위로 훌쩍 올라간 지 이미 오래다. 빅토르와 자기 자신 사이에 다른 누군가가 끼어들 자리는 결코 없었다고 말하는 그의 목소리는 무거웠다. 사

육체노동자

람들이 수군대는 얘기들도 믿을 수 없다고 했다. 난 억지로 미소를 지으며 그에게 물었다.

"비난의 소리가 전혀 없을 거라고 생각하세요?"

라이오넬과 난 서로에게 호의와 반감을 반반씩 가지고 있다. 그가 돌아앉으며 의자 등받이 위에 팔짱을 끼고 턱을 괴었다. 그의 두꺼운 안경 렌즈가 코앞으로 다가왔다. 우리는 눈싸움을 했다. 지고 싶지 않았다. 마침내 그가 침묵을 깨고, 우리의 마지막 휴가였던 지난여름에 찍은 사진 한 장을 빅토르의 지갑에서 발견했다는 말을 했다('그의 심정을 내가 너무 몰랐죠?'라고 말하려다 그만두었다). 그 사진 속에서 빅토르와 난 황야의 오솔길을 힘겹게 오르고 있을 것이다. 태양과 뜨거운 열기에 대해 툴툴거리면서. 빅토르는 내 뒤로 한참 뒤처져서 걸었다. 그는 그때 이미 불안한 상태였으며 기력도 많이 쇠진해 있었다.

"엉덩이가 보일 정도로 짧은 반바지를 입고 있죠? 내가 싫어하는 옷이었는데."

라이오넬의 입을 막고 싶었다. 사진을 찍던 9월의 그날을 떠올려 본다. 맞아, 그랬다. 빅토르는 걸음을 옮길 때마다 숨을 몰아쉬며 툴툴거렸지만 그러면서도 도랑 속에 핀 푸른 엉겅퀴꽃을 따 모았다. 그리고 나에게만 보여 주던 특유의 미소—그 순간 세상은 온통 사랑으로 빛났다. 너무나 짧은 순간이기 때문에 서둘러 만끽하지 않으면 안 되었다—를 지으며 평상시보다 좀 더 건방진 태도로 그 꽃들을 내게 내밀었다.

"나처럼 콕콕 찌르는 데가 있는 꽃이야. 백 년을 사는 꽃이지."

아무것도 우스울 게 없었는데 빅토르와 난 마냥 웃었다. 그 꽃은 이미 오래전 회색으로 변했다.

현관 층계에 모습을 드러낸 세베로와 라이오넬은, 사람들에게 공식적인 기별을 하지 않고 치르는 장례식이라고 해도 기본적인 격식이 결여되어 있다는 게 몹시 섭섭한 눈치였다. 까만 휘장도 없고 눈물 젖은 하객도 없는 장례식은 장내 일꾼들의 성의 없는 진행으로 더욱 썰렁했다. 그 두 사람에겐 나의 존재도 아무런 위안이 되지 못했다. 당연한 일이지 싶다. 바겐세일로 산 속물스러운 모피를 두르고 나타

육체노동자

난 나를 누가 슬픔에 잠긴 모습으로 봐 주겠는가? 흰여우 모피는 불과 열 발자국밖에 떨어지지 않은 곳에 아쉴 라르고가 있기라도 한 듯 그의 암내를 풍겼고, 보통 사람들의 불편함 따위는 안중에 없는 불순한 감미로움을 자아냈다. 하지만 난 여우 모피를 가슴 한가득 시원하게 흰 눈처럼 느낄 수 있었다.

구두 뒤축이 얼어붙은 대지를 디딜 때마다, 불꽃이 튀는 듯한 매서운 추위였다. 붉게 분칠한 뺨, 옅은 빛의 눈동자, 화사한 햇살을 받아 반짝이는 터키석 귀걸이, 이게 나의 모습이었다.

이젠 슬퍼하는 것도 지겹다. 모차르트도 개처럼, 고아처럼 차갑게 언 땅속으로 내버려지지 않았던가. 짧게는 코르뒤레까지 가는 동안, 길게는 나머지 생을 사는 동안, 죽음은 사실 별로 중요한 게 아니라는 생각을 하게 되리라. 세베로와 라이오넬은 항상 가난한 귀족을 칭찬해 왔다. 돈도 없고 기쁨도 과시하지 않는 가난한 귀족. 하지만 결국 그들은 간통죄를 지은 사람처럼 그렇게 땅속에 묻히고 만다.

"그러니 동성연애나 하고 있지."

나는 속으로 뇌까리곤 했다.

어쨌든 함께 여름휴가를 가면 라이오넬은 곧잘 우리를 놀랬다. 한번은, 아비뇽 성벽에서 쉬고 있던 한 소녀에게 반한 적이 있었다. 가방으로 가리고 있었지만 거의 벗다시피한 등, 황금빛 목덜미, 농구화를 신은 구릿빛 다리를 가진 소녀였다. 그는 보란 듯이 그 소녀를 테라스 뒤쪽에 있는 손님용 침실로 슬쩍 데리고 들어갔다. 그리고 오솔길의 대나무들이 서로 부딪히는 것 같은 소리를 냈다. 우리 앞에 다시나타난 그들은 서로의 어깨를 껴안은 채 한 번 더 가볍게 입맞춤했다. 그들은 진지했다. 이제 그녀는 이른바 그의 '남동생'이 된 것이다. 나도 겪어 봐서 아는 일이다. 매사에 세베로와 라이오넬은 서로에 대해 전혀 신경 쓰지 않는다. 읽어보면 혀를 차고 자시고 할 것도 없는 책이건만, 그들은 자신들을 플라톤의 『향연Banquet』에 등장하는 엘리트 손님쯤으로 생각한다. 빅토르와 그들이 주고받는 얘기를 가만히 듣고 있던 나는 빈정거리지 않고는 참을 수가 없었다.

"두 사람 말이에요, 유태인으로 태어났더라면 좋았을걸 그랬어요. 흑인이면 더욱 좋았을 테고. 그러면 영원히 기

육체노동자

뽐 속에 살 수 있었을 거 아니에요."

남자들끼리의 연대감을 즐기고 있던 빅토르의 반박이 곧장 날아왔다.

"누구라도 내 사생활을 간섭하는 건 참을 수 없어."

그의 준엄한 눈썹, 다부진 입술이 늙은 귀족 미망인의 모습처럼 어색하기 그지없었다.

"엉덩이를 꼬집은 것도 아닌데, 왜 그래요."

주눅 든 모습을 들키고 싶지 않았다. 세베로와 라이오넬이 지켜보는 데서 적의에 찬 그의 눈길을 받는 건 고통스러운 일이다. 나는 그의 눈빛에서 내면의 좌절에 결코 승복할 수 없다는, 오히려 그 좌절을 강박적으로 껴안고 살아가겠다는 의지를 읽을 수 있었다.

여러 번 그에게 말하고 싶었다.

"여자들은 세상의 끝이 아니에요. 나랑 다시 시작해요. 멍청한 짓은 이제 그만해요."

하지만 너무나 맛있는 쇠고기 한 점을 씹고 있기라도 한 듯 입이 벌어지지 않았다. 아니, 오히려 겁이 났다고 해야 옳을 것이다. 너무 짧은 웃음, 무게 있는 재담, 그 밖의 나머지 것들이 하나씩 기억을 타고 올라왔다. 여러 해가 흘렀지만 기억은 끔찍스럽게도 전혀 손을 타지 않은 채 처음 그대로이다. 그때 난 열일곱 살에 불과했다. 빅토르의 척추를 도끼로 잘라 낼 수만 있다면 몸이 그렇게 굳어 버리게 그냥 놔두지는 않았을 텐데. 온몸에 마비가 찾아와 풀을 스치는 손의 발작적인 움직임을 통해서만 심장이 여전히 뛰고 있다는 걸 확인해야 했다니. 두 번 다시 떠올리고 싶지 않은 기억들이다. 풀밭 사이에서 까만 막대기처럼 자라는 대나무가 하얀 달빛을 받아 두 개로 보이던 밤 풍경도, 내 등과 허리를 콕콕 찌르며 애무하던 빅토르의 코밑수염과 뜨거운 입술도, "나도 소년이 될 수 있어요. 가르쳐 줘요."라고 중얼거리던 나 자신도, 더 이상은 기억하고 싶지 않다. 그 후로는 그에게 사랑한다고 말한 적이 없다. 우리는 헤어지지 못한 채 그해 여름을 보냈다. 그 후엔 헤어지기에 너무 늦어 버렸다. 어쩌다 내가 "그래도 당신을 사랑해요."라고 말할라치면, 그는 듣고 싶지 않다는 듯 서둘러 내 입술을 손가락으로 막았다. 쉿!

세베로와 라이오넬이 학대당하는 꿈을 꾸었다고 슬쩍

한마디 했더니 그리 모욕적일 것도 없었는데 빅토르는 내 이마를 한참이나 쏘아보았다. 네온사인의 창백한 빛이 오믈렛을 덮어 맛과는 영 거리가 멀어 보였지만 난 그의 시선을 느끼지 못하는 척 그것을 꾸역꾸역 먹었다. 빅토르는 극장 가는 날이면 그 전에 마르튀르 거리에 있는 초라한 카페로 들어가 가끔 내게 간식을 사 주곤 했다. 얼룩덜룩 지저분한 벽, 유리잔이 만들어 놓은 끈끈하고 둥근 자국들, 얼음 위에 아무렇게나 던져진 더러운 행주, 특히 숙취의 여운으로 졸고 있는 배고픈 사람들과 부랑자들―그들은 이제 아무도 자신들의 존재를 알지 못한다는 사실을 자각하고 있었다―로 넘실대는 그 카페를 그는 좋아했다. 난 빅토르가 언짢은 기분을 삭이는 동안 오믈렛 속에 든 딱딱한 빵 덩어리들을 오물오물 씹으며 마음속으로 잔뜩 어깨를 움츠렸다. 하지만 그래 봤자 그가 날 못 견뎌하는 시간은 고작 2분이다. 그동안 난 카운터 위에 걸린 벽시계의 빨간 바늘이 까만 시침 사이를 째깍째깍 통과하는 걸 뚫어져라 쳐다보았다. 맞은편 의자에 앉은 그를 보고 싶지 않아서였다. 지금 내 앞자리는 비어 있는 거라고 자신에게 속삭였다. 취객들이 왁자지껄 떠드는 중에 들릴락 말락 작은 소리가 들려왔다. 빅토르의 목소리 같지가 않았다. 날 영원히 잊어버리고 싶어 하는 냉담한 목소리였다. 지금까지 소설을 썼다고밖에는 말할 수 없다. 난 그를 알지 못하고 있었다. 앞으로도 알 수 없을 것이다. 그저 그의 마음을 사로잡고 싶어 빈틈을 노리는 최초의 여자일 뿐이었다. 그를 향한 사랑의 호소는 내 병을 치유하려는 정신적인 속물근성의 산물에 불과했다. 얼마 지나지 않아 그의 넋두리가 멈췄다. 음식은 쳐다보지도 않은 채 포크만 기계적으로 움직이며 입안에 음식을 집어넣고 있는 나를 보았기 때문이다.

사람들은 누군가를 사랑하게 되면 이 세상 그 무엇도 둘을 갈라놓을 수 없다는 믿음을 얻기 위해 가끔씩 상대를 괴롭히고 싶어 한다. 갑자기 그가 테이블 밑으로 발을 뻗어 내 다리를 꽉 죄었다. 하지만 곧 자신의 격렬한 행동을 후회하듯 발에 힘을 뺐다.

"사실 나에게 너란 존재는 변덕스러운 관념과 같아. 내 정신을 자극하고 대답 없는 질문들 속으로 날 몰아넣는 회

육체노동자

의 같은 존재 말야. 지금 우리는 어디로 가고 있는 걸까? 우리는 누구인가? 뭐, 그런 질문들."

"대답은 딱 하나예요."

난 입안 가득 음식을 채운 채 대답했다.

어깨를 으쓱 치켜 올리던 빅토르의 시선이 내 호리호리한 팔과 가는 목을 향하고 있었다. 그의 얼굴에 다시 미소가 번지기 시작했다. 하지만 한곳으로 고정된 시선과 그의 미소 속에는 반박의 의미가 들어 있었다. 내 가슴은 졸아붙었다. 그의 눈은 중후한 남성의 나른한 얼굴이라고 하기에는 너무 크고 새까맸다. 할머니는 빅토르가 15세기 이탈리아인의 후예 같다, 균형 잡힌 긴 코와 차분한 입매가 조화를 이루는, 엄격한 명암법에 기초한 조상影像처럼 보인다, 반면 그의 강렬한 눈매가 내뿜는 '매서움'은 악의적인 비밀을 고발하는 바로 그것이라고 주장했다.

"할머니가 그러시는데 당신이 내게 해 줄 수 있는 건 아무것도 없대요. 그렇다고 날 받아들이지 못할 이유도 전혀 없고요. 아무튼 당신은 나와 결혼하게 될 거예요. 난 더욱더 예뻐질 테고, 황금빛 머리도 더 탐스러워질 테고, 더

열정적인 여자가 될 거예요. 그러니 당신은 자신이 얼마나 대견스럽겠어요. 이상이에요."

말을 마치자마자 테이블 위에 있는 소금과 후추 그릇을 나란히 붙였다. 서로 붙어 하나의 전체를 이루었지만 사람의 마음을 전혀 끌지 못했다. 예뻐 보이지도 않았다. 시시했다.

"만약 너하고 결혼하면."

어색함을 감추고 싶을 때면 빅토르가 흔히 사용하는 건방진 말투가 영락없이 튀어나왔다.

"난 질투가 많은 사람이라서, 오로지 내게 충실하라고 너에게 강요하게 될 거야."

"그럼 내가 백발이 된 다음에 결혼하죠, 뭐."

"아니면 내가 죽은 다음에 하든지."

항상 미래에 대한 확신을 가지고 사는 빅토르의 결론이었다. 그리고 그의 예감은 적중했다.

세베로와 라이오넬에게 매정하게 굴 생각은 전혀 없었다. 그들이 극도의 고통으로 슬픔에 잠겨 현관 층계에 나타났을 때 그들을 향해 미소 지으려 했지만 그럴 수가 없었다. 얼핏 보아 아무런 타격도 받지 않은 건강한 모습으로, 심지어는 맵시 있는 옷차림에 혈색 좋게 세련된 화장까지 하고 나타난 내 모습을 본 그들이 내게 경원의 눈길을 보냈기 때문이었다. 그래서 어떻다는 거야? 난 항상 빅토르 앞에서는 아름답게 꾸미고 있었어. 잠시 우리는 층계 밑에서 서로를 무섭게 노려보았다. 하지만 곧 마음을 가다듬어 어색함을 누르고 얼마 안 되는 장례식 하객들을 위로했다. 사소한 일들은 대수롭지 않게 넘기며 느긋하게 쉬고 있던 일꾼들— 한 명은 계단에 서서 승마 자세로 구부린 한쪽 무릎 위에 비스듬히 관을 걸쳐 놓은 채 한숨을 돌리고 있었고, 다른 한 명은 주머니 속에서 성냥을 찾아내어 귀에 꽂아 두었던 담배꽁초에 불을 붙였다—이 우리들의 암묵적인 비난을 듣기라도 한 것처럼 휴식을 끝냈다. 그들은 허리를 두 번 돌리고 어깨를 흔들어 적당히 근육을 푼 후, 가엾은 우리의 빅토르를 수평으로 들고는 운반하기 쉽게 발 쪽을 앞으로 해서 180도로 방향을 틀었다. 그런 다음 마지막으로 눈짓을 주고받고 턱으로 신호를 보내며 박자를 맞추더니, 바퀴 위에서

관을 굴리듯 리무진 뒤 칸 깊숙이 그를 밀어 넣고는 소리 나게 문을 닫았다.

이제 우리가 할 일은 끝났다. 세베로와 라이오넬과 나는 할 말을 잃었다. 우리는 서로를 다시 바라보았다. 이번에는 애절한 사랑이 깃든 눈길들이었다. 우리들의 퀭한 두 눈 속에 조금씩 눈물이 차오르기 시작했다. 하지만 눈물이 흐르게 그냥 내버려둘 수는 없었다. 우리는 웃는 얼굴로 서로의 기특한 행동들을 칭찬해 주려 했지만 턱이 떨려 그럴 수도 없었다. 갑자기 슬픔이 복받쳐 올라 우리는 서로를 부둥켜안았다. 전에 없던 뜨거운 포옹이었다. 세베로의 턱이 내 이마에 닿는 순간 그의 위에서 꼬르륵거리는 소리가 내 귀를 타고 들어왔다. 라이오넬과 나는 두 마리의 거위처럼 서로의 목을 껴안았다. 빅토르와 라이오넬과 내 키는 거의 엇비슷했다. 빅토르는 항상 자기가 나보다 몇 센티미터 정도 키가 크다고 우겼고, 그럴 때면 나는 지지 않고 이렇게 대꾸하곤 했다.

"내가 속아 줘야지."

편안하게 쉬고 싶다는 생각이 포옹의 따뜻한 어둠 속

에 잠겨 있던 우리를 찾아왔다. 더 이상 할 일도 없었고, 몹시 졸리기도 했다. 포옹을 풀고 고개를 들었다. 서로의 얼굴을 향해 뿜던 입김도 멀어졌다. 내가 속삭이듯 말했다.

"오늘 저녁을 대접하고 싶은데, 몇 시 기차죠?"

세베로의 팔이 다시 양옆으로 축 늘어졌다. 라이오넬은 몽유병에 걸린 사람처럼 기운이 쭉 빠져, 내가 신경을 거스르는 말을 할 때면 튀어나오는 특유의 감미로운 목소리로 대꾸했다.

"중요한 일 아니잖아. 우리는 신경 쓰지 않아도 돼."

세베로가 한숨을 길게 내쉬며 부드럽게 말했다.

"정 그러면 저녁 먹고 일찍 자. 우리는 밤을 새울 생각이거든."

또다시 시작이구나. 한쪽엔 현실을 초월한 순수한 두 사람이 있고, 다른 한쪽엔 속물근성에 젖은 한 영혼이 있는 패의 갈림. 수적으로는 어느 쪽이 우세한가. 하지만 부당하게도 고귀한 몸이 되어, 빅토르가 마지막으로 떠나가는 여행길에 그의 곁을 지키는 명예로운 자리를 차지하게 된 것은 그들이 아니라 바로 속물스러운 영혼의 소유자였다. 새

빨간 입술, 선머슴애처럼 자른 빛바랜 머리카락, 턱없이 비싼 모피로 치장한 그 이질적인 피조물은 어떤 식으로든 자신의 애정을 떠들썩하게 표현하는 데 주저하지 않을 것이다.

내일 장례식에서 그녀는 빅토르 로덴바흐라는 유명한 비평가에게 경의를 표하기 위해 몰려드는 신문과 텔레비전 기자들을 앞에 두고 아무렇지도 않은 듯이 막무가내로 쾌활한 척할 수도 있고, 아니면 뺨을 쥐어뜯거나 벽을 발로 차며 슬픔을 과장할 수도 있다. 어찌 됐건 공식적으로 사건 취재에 불을 지피는 건 그녀의 몫이 되리라. 그러니 세베로와 라이오넬이여, 애석하게도 혹시 그대들이 숨이 막힐 듯한 오열에 몸을 가눌 수 없게 되면 슬그머니 사라져 묘지의 외딴 구석에서 생리적 현상을 해결하는 척이라도 해 줘. 그리고 난 다음엔 어깨를 단단히 추스르며 그대들의 남성적인 에너지에 도움을 청하도록 해.

빅토르가 명령하듯 이런 말을 한 적이 있었다.

"드라마 연출은 사절이야. 눈물도 안 되고, 나에 대해 이러쿵저러쿵 떠드는 것도 안 돼. 크리스틴만 나하고 동행하는 거야. 너희 둘하고, 우리 부모님, 호기심 때문에 돌아가지 않고 남아 있는 하객들은 기차를 타고 따라오도록 해."

또 그는 황망하고 메마른 웃음과 함께 이런 말을 덧붙이기도 했었다.

"장례식 행렬의 선두에는 항상 여자가 필요한 법이지."

"임종 시에 그가 얼마나 고약을 떨지 생각하면 벌써부터 걱정이 돼."

빅토르가 잠이 든 후 한숨 돌리기 위해 복도로 나간 세베로는 따라 나온 라이오넬에게 자신의 심정을 그렇게 고백했었다.

세베로와 라이오넬에겐 빅토르의 그 명령과도 같은 부탁이 전혀 흡족하지 않았을 것이다. 그들이 나 혼자만을 저녁 식사와 침대 곁으로 보내고 싶어 한 이유를 이해할 수도 있을 것 같다.

"그래도……."

난 두 손을 각각 그들의 뺨에 살며시 갖다 대며 부드럽게 입을 열었다.

이렇게 말하고 싶었다. 빅토르의 몸을 덮은 얼어붙은 땅이 갈라지고 무너져 내릴 때까지는 사소한 경쟁 같은 건 잊고 진심으로 서로를 사랑하자고. 그리고 우리들의 우스꽝스러운 관계, 거부되어 온 관용, 헛수고, 의미 없는 격려, 그런 것들은 그 밑에 묻어 버리자고. 구덩이는 벌써 다 파 놓았을 것이다. 구덩이 옆에는 흙더미가 쌓여 있고 그 한가운데는 삽이 꽂혀 있을 것이다.

"자크가 전화했는데 준비가 다 됐다고 그러더라."

세베로의 갑작스러운 말 때문에 난 하려던 말을 삼킬 수밖에 없었다.

난 그동안 그를 잊고 지내 왔다. 그의 이름을 듣는 것만으로도 조금은 불쾌하기까지 했다. 그에 대한 역겨움이 무섭게 솟구쳐 올랐지만 그런 내 기분을 드러낼 때가 아니었다. 난 투덜거렸다.

"백 번도 좋다고 전화를 해 댈 사람이지."

사실 그는 통화료 같은 것엔 신경 쓰는 사람이 아니다. 그는 돈을 중산층의 똥, 한발 더 나아가 경찰의 똥과 결부시키고 있는 자크 메스린의 『내가 믿는 것』이라는 책을 애독서로 삼을 정도로 돈을 경멸한다. 통화료나 전기세 문제를 해결하는 방안으로 빅토르의 집에 불법 회선을 만들어 줄 정도였다. 그 일을 위해 그는 옛날에 염소우리로 쓰던 곳에서 살다시피 했다.

"분명히 말해 두지만 속일 목적으로 이러는 게 아니에요. 돈이 아까워서 이러는 건 더더욱 아니고요."

자크는 그 마을에서 우리에게 매력을 느낀 유일한 사람이었다. 가시덤불과 서양소귀나무가 무성한 버려진 땅에 그는 직접 구덩이를 팠을 것이다. 그곳은 땅바닥에서 또 하나의 하늘을 불러내 오기라도 할 듯이 비틀린 어린 소나무들이 바닥의 포석을 파헤치고 밀어 올린 옛 묘지였다. 그곳에 잠든 고인들의 이름은 잊힌 지 오래고, 돌에 새겨진 글자도 읽어 보기 힘들 만큼 밋밋하게 깎여 없어졌다. 대신 이끼만이 민첩한 움직임으로 무성하게 자라고 있을 뿐이었다. 사기로 만든 백장미도, 생명의 상징인 T 자형 십자가도 다 도둑맞고 없었다. 이미 어느 골동품상의 손아귀에 안전하게 들어가 그의 가슴을 뿌듯하게 만들어 주고 있으리라. 이제 그곳은 그저 상쾌한 기분으로 산책을 하고, 오디를 따고, 한때는 경건했을 그 장소의 악마적인 아름다움에 대해 잠깐씩 명상을 하기에 안성맞춤인 곳이 되어 버렸다. 빅토르가 그 터를 손에 넣기까지는 어려움도 많았고, 돈도 택지를 구입하는 것보다 훨씬 더 많이 들었다. 마을 면장은 블록으로 새롭게 단장한 묘지를 탐탁지 않게 생각하는 빅토르를 의아한 눈으로 바라보았고, 시몬 비튀라는 여자는 쓰레기장에 버린 작은 화덕 의자를 빅토르가 사고 싶어 하자 배를 틀어쥐고 자지러지게 웃기까지 했다.

"당신이 새 의자를 살 돈이 없어서 이런다고는 생각되지 않는데요?"

그들은 우리를 그저 괴짜들로 생각했을 것이다. 그거야 어떻든 간에 우리는 죽음과 맞닿아 있는 그 별난 것들을 사면서 값을 치를 만큼 치른 셈이다.

자크는 좀 달랐다. 우리와 만나면서 그는 그동안 잠자고 있던 이상한 힘을 유감없이 발휘하기 시작했다. 코르뒤레에 오기 전에 그는 리옹의 생트 클로틸드 병원에서 회계 보조원으로 일했다. 종려나무와 고사리 같은 풀이 얼룩덜룩 그려진 종이로 도배를 한 방에서 살았다고 한다. 그에겐 향수 가게에서 점원으로 일하는 뤼세트라는 약혼녀가 있었다. 그녀는 사포로 다듬은 예쁜 진주빛 발톱으로 잠자리에

육체노동자

서 교태를 부리며, 아침이면 삐죽삐죽 돋아나는 털을 가위로 잘라 항상 황금빛 대팻밥처럼 손질해 놓은 그의 턱수염을 못살게 굴었다.

특별한 계획이 없는 한, 토요일 저녁엔 뤼세트와 콩포라마에서 쇼핑을 한 후 탱고 음악이나 아코디언 소리에 맞춰 함께 춤을 추고, 일요일엔 붉은 소스로 만든 스튜를 먹는 고리타분한 날들이 이어졌다. 안정적이긴 하지만 가혹한 그런 생활을 자크는 견디기 힘들어했다. 그러는 사이 그는 근육이 점점 오그라들고, 주름이 지지 않는 나일론 셔츠에 양 겨드랑이가 옥죄어, 자신이 하루하루 시들어 간다고 생각하기 시작했다. 어느 날 아침, 페라시 정거장에서 버스를 기다리던 그는 상한 밀크 커피의 악취 때문에 심한 구역질이 올라와 몸을 가눌 수가 없었다. 몸의 균형을 잡기 위해 내저은 팔의 움직임을 택시 잡는 신호로 착각했는지, 차 한 대가 그의 앞에 와 멈춰 섰다. 의자 등받이를 뒤로 눕힐 수도 없고 요금 계산기도 없는 택시라는 운전사의 조심스러운 충고 같은 건 귀에 들어오지 않았다. 그는 말했다.

"달리기나 하세요. 계산은 신경 쓰지 말고."

그는 병원 회계 창구에서 돈을 찾았다. 정오경에 그들은 레이스처럼 둘러처진 암벽, 몽미라유에서 내리뻗은 그 바람벽을 가로질러 달리기 시작했다. 하지만 자크의 머릿속은 자신을 슬픔에 젖게 하는 단 한 가지 생각으로 가득했다.

'난 부르주아다.'

일요일이면 그는 카페에 앉아 이런저런 자기 얘기를 우리에게 장황하게 늘어놓았다. '부르주아'라는 단어로 꽉 찬 그의 머리는 계급의 울타리라는 무게에 항상 짓눌려 있었다. 그를 위로하기 위해 난 그의 어깨를 토닥이며 부드럽게 말했다.

"그렇지 않아요. 당신에겐 뻔뻔스러움도, 남을 골려 먹는 취미도 없잖아요. 물론 고급 은식기들도 없고요."

하지만 그런 나의 위로는 그의 고막에 가 닿지도 못했다. 난 무시해도 좋은 그런 존재였다. 처음부터 나라는 존재는 나 아닌 다른 청중의 중요성에 비하면 너무나도 미미했던 것이다. 그가 자신의 얘기 보따리를 풀어 놓은 상대는 바로 라이오넬이었다. 그날 그가 그토록 즐거워했던 건 식사후 가벼운 산책이 주는 쾌적함 때문이 아니었다. 산봉우리에 걸터앉은 듯 먼지 뿌연 도로와 푸른 야산이 만나는 길 끄트머리의 자갈땅에서 잠자고 있는, 우리의 집과 누런 고양이와 접시꽃을 발견했기 때문이었다. 그는 그곳에 자신의 행운이 있다고 생각했다. 그리고 마침내 그는 돈의 역겨운 구조에서 해방될 수 있는 방법을 찾아냈다. 여름에는 체리 농장에서 일하고, 겨울에는 결빙으로 무너져 내린 길가 웅덩이를 보수하는 일을 하기로 했다. 하지만 정식 일꾼으로 14일간 작업을 하고 난 그는 끝내 몸져눕고 말았고, 다시 실업 상태로 들어갈 수밖에 없었다.

그는 우리가 자기 내면의 순수함을 칭찬해 주길 바랐다. 그는 시간을 엄수했는데, 특히 식사 시간은 꼭 지켜서 나타났다. 맨발에 수도승이 신는 샌들을 신고, 옆구리 밑이 깊게 팬 카키색 셔츠를 입은 모습으로 아몬드 나무 아래에서 우리와 식사를 했다. 그리고 천천히 빨아들이기라도 할 듯이, 하늘빛 눈으로 먼 하늘을 응시했다. 예상한 대로였다. 나사렛 생 트로페즈라는 쌍둥이 도시에 나타난, 예수를 판에 박은 듯한 그의 옆모습은 라이오넬을 자극시켰다. 자크여, 함께 식사하러 오시게나, 그리고 내 잔으로 마시고 내 욕조를 쓰고 내 담배를 피우시게나(완곡하게 표현하자면 라이오넬은 이렇게 말하고 있었다). 자크는 결국 '부르주아bourgeois'는 '주아Joie(환희)'로도 쓸 수 있다고 믿었던 게 분명했다. 아무런 금기 사항 없이 말이다.

여름날 그들이 보여 준 웃긴 수작들, 구린내 나는 연극적 상황들은 생각조차 하기 싫다. 기울어 가는 햇살을 받으며 구슬땀을 흘리면서도 다락방 안에서 뭔가를 하며 미친 듯이 웃어 대던 그들이었다. 그들은 새로 영입된 청년의 어깨에 까만 망사를 둘러 변장시킨 뒤 그를 어루만지며 어정거렸다.

"크리스틴, 들어오지 마. 여자들은 상관할 게 못 돼."

그들의 목소리에는 경계심이 잔뜩 배어 있었다.

그들은 최근의 개종자 자크가 감사의 뜻으로 선물한 술 달린 쿠션을 고맙게 받았다. 그리고 함께 타고 가던 지프를 길 아래쪽에 세우고 그를 내려 주었다. 엔진은 계속 켜 놓은 상태였다.

"자네에게 행운이 있기를 바라네. 내년에 다시 만나자고."

행운의 다음 타자는, 카바이용 거리의 멜론 장수와 그 늘을 따라 걷던 다리가 긴 독일 학생이었다. 사람들의 사랑을 확신하며 장밋빛 바람 위에라도 걸터앉을 수 있다고 감탄하는 나이, 모든 걸 너무나도 쉽게 믿어 버리는 나이, 그런 스무 살의 나이라면 그게 누구든 그들은 양팔 벌려 환대했다. 맙소사, 또 평소의 버릇대로 과장을 하고 있구나. 다락방에 있는 술 달린 쿠션은 여덟 개뿐인데. 하지만 그렇다고 해서 내가 늘 비난의 눈초리로 날카롭고 냉랭하게만 굴었던 것은 아니다. 얼큰히 취한 자크의 등장을 환영하며 아르니 술 한 병을 선물한 적이 있었다. 사람으로 하여금 다시 눕고 싶게 만드는 향기를 뿜어내는 그 술병 케이스 위에는 '날이 밝아온다'라는 글귀가 적혀 있었다.

"수아송산産 단지라는 걸 잊지 말아요. 깨뜨리면 안 돼요."

그의 이마에 입을 맞추며 말했다.

그 후 보이지 않는 빙산이 우리 사이를 갈라놓았다. 먹는 데 정신이 팔려 턱에 초기름 소스나 흘리지 않으면 다행인 나에 비해, 그는 내 옆에 앉은 라이오넬에게 샐러드를 건

네는 세심함을 보였다. 뜻밖의 상황으로 우리 둘이 문간에서 맞부딪혔을 때도 그는 문틀에 의지해 몸을 가누면 가누었지, 내게는 결코 불편함을 주지 않았다. 빅토르는 한 문장 안에 형용사가 너무 많으면 안 좋은 것처럼 무례함 또한 남용되면 절대 안 된다고 말하지 않았던가. 그는 자크의 그런 세심한 배려를 한껏 칭찬했다.

"당신, 크리스틴에게 마음 써 줘서 고마워."

빅토르는 그게 누구건 나를 성가시게 하는 건 결코 용납하지 않았다.

모든 방면에 적용되던 우리의 무신앙, 터무니없이 진부한 우리의 성적 일탈, 그런 것들 속에서 반反부르주아 원칙의 마지막 꽃향기를 음미하던 자크는 우리의 충고라면 어떤 것이든 귀 기울여 듣는 사람이었음에도 불구하고 빅토르가 자신을 '당신'이라고 부른 것 때문에 적잖이 실망했던 것 같다. 빅토르에게 다른 불만이 있었는지는 잘 모르겠다. 어쨌든 마지막으로 빅토르와 내가 함께 멋진 리무진을 타고 그곳에 도착해 그를 만나게 되더라도, 우리에게 특별히 앙갚음을 할 만한 이유는 전혀 없을 것이다.

지루하게 이어져 온 감정의 파노라마도 이젠 거두어들일 시간이 되었다. 어둠이 물러가자 낮게 가라앉아 있던 희뿌연 하늘이 가는 실오라기처럼 가벼워지기 시작하면서 푸르게 변했다. 날이 샘과 동시에, 밤새 눈물로 손수건을 적시며 빅토르의 죽음을 어떻게든 되돌려 보려고 애쓰던 세베로와 라이오넬의 끈질긴 소망도 수포로 돌아갔다. 우리는 한마디도 하지 않았다. 인정할 수밖에 없는 이런 갑작스러운 슬픔 앞에선 누구든 넋을 잃은 채 아무것도 할 수가 없을 거라는 생각이 든다. 하품을 하면서 우리는 의문에 젖었다. 지금 뭘 하고 있는 거지?

　　장례 준비를 하는 동안 어수선했던 분위기도 출발 시각이 가까워져 오자 사뭇 조용해졌다. 일꾼들은 방에서 사용하던 짐수레를 상자에 넣었다. 그런 다음 두 사람은 밧줄을 굴렸고, 나머지 한 사람은 점잖게 발끝으로 구석구석을 살피고 다니다가 우리들이 있는 쪽으로 걸어왔다. 얼굴이 빨갛게 상기된 채 혼자 앉아 있는 젖먹이 아이를 향해 두 팔을 벌리듯이 그렇게 두 팔을 앞으로 뻗은 채 걷고 있었다. 그는 하얀 철사를 감아 길게 꼬아 만든 보랏빛 글라디올러스 꽃을 찾고 있는 중이었다.

"꽃을 어디에다 뒀더라?"

여드름이 나는 나이에나 가질 법한 심성을 간직하는 데 특별히 나이 제한 같은 게 있을 리 없다. 그가 조심스러운 눈으로 꽃의 소재를 물었을 때 우리의 입술은 한결같이 무례한 대답을 향해 달싹였다. 하지만 우리는 아무 말도 하지 않았다. 그러는 사이 빅토르의 입관을 주재했던 경관이 행정적 책임을 마무리하기 위해서인지 뒤늦게 모습을 나타냈다. 우리의 입장에서 보면 가장 불안한 순간이지만, 그로서는 불시에 우리 앞에 모습을 드러내려고 선택한 순간이었을 것이다. 사방은 고요했다. 그는 권력을 쥔 자들 특유의 거만함으로 우리의 침묵을 만끽했다. 그런 다음 놀라 자빠질 만한 말을 툭 내뱉었다.

"로덴바흐 씨의 죽음과 관련해서 한 가지 의문스러운 점이 있다는 건 다들 잘 알고 계시죠?"

"왜요, 그가 아직 움직이기라도 하나요?"

터무니없는 소리인 줄은 알지만 난 도저히 참을 수가 없었다. 나의 어처구니없는 발언은 여러 가지 중상모략으로 이어져 사태를 악화시킬 수도 있었지만―이미 시청 담당 법학자가 와서 의사가 작성한 사망 허가서를 조사하며 오만가지 상을 다 찌푸리고 갔다― 오히려 우리에게 유리하게 작용했다. 고개를 흔들며 애써 침착한 태도를 유지하려고 발버둥 치는 불쌍한 녀석이 눈앞에 서 있었다. 뺨에 난 작은 흉터가 씰룩거리는 게 보였다. 신경질적으로 경련을 일으키는 입술을 감추기 위해 그는 두 눈이 빠져라 서류만을 들여다보았다. 다시 공적인 업무를 수행하는 태도로 되돌아갔을 때에도 눈은 계속 축축한 물기에 젖어 있었고, 얼굴은 미친 듯이 터져 나오려는 웃음을 참느라 벌겋게 달아올라 있었다. 하지만 그의 상반신은 제복 속에서 여전히 건방을 떨고 있었다. 아무튼 문제가 더 이상 난감한 쪽으로 확대되지는 않았다.

그는 의례적으로 한마디를 했을 뿐이었다.

"이제 와서 뭔가를 하기에는 너무 늦은 것 같군요."

우리의 출발 시각이 임박했음을 잊은 채 때아니게 터져 나오려는 웃음을 참고 있던 그는 그제야 상황을 파악한 듯 서둘러 그렇게 결론을 내렸다.

우리와 마찬가지로 그 역시 당혹스러웠던 것이다. 죽은 자들과 함께 있으면 모든 게 그렇다. 죽은 자들은 살아 있는 사람들이 엉뚱한 말을 내뱉게 만드는 경향이 있다.

골목을 오가는 사람들의 웅성거리는 소리가 들려올 정도로 거의 완벽에 가까운 침묵이 흘렀다. 장의차를 운전할 사람이 차 문을 열며 내게 차에 올라타라는 신호를 보내고는, 잠이 덜 깬 사람처럼 기지개를 켰다. 그는 살며시 웃고 있었는데, 슬픈 장례 분위기와는 어울리지 않게 너무나 나른한 얼굴이었다. 사람들은 빅토르가 감옥과도 같은 관에 누운 채 타고 갈 이 멋진 리무진을 바캉스용 차라고 생각할지도 모르겠다. 빅토르가 부탁한 대로만 부른 몇 안 되는 하객들과 우리는 행복을 가장하는 데 성공하지 못했다. 세베로와 라이오넬과 나는 답답함을 이기지 못하고 서로를 바라보았다. 그리고 악수라는 엉뚱한 의식을 치렀다. 영원한 작별을 앞에 두고 외국인들이 주고받는 것과 같은 인사였다. 우리는 다시 서로를 쳐다보았다. 창백하고 어딘가 부자연스러운 얼굴빛, 동시에 같은 것을 깨닫고는 화가 난 표정들, 견딜 수가 없었다. 난 중얼거렸다.

육체노동자

"두 분 모두 좋은 친구였어요. 잊지 않을게요."

"아니, 빅토르가 없으면 다 의미 없어."

라이오넬이 반박했다.

세베로가 우리 대화 사이로 끼어들었다.

"크리스틴 말이 옳아. 사랑하는 사람들을 남기지 않고 죽는 사람은 없어."

우리는 세베로의 순수한 위로에 위안을 받고서 입맞춤을—기계적이기는 하나— 주고받았다. 우리 사이에 남은 일은 이제 없는 셈이지만, 우리의 빅토르를 생각하면 저녁에 다시 보자는 인사쯤은 나누는 게 마땅했다. 빅토르는 여전히 우리들 가운데 존재하고 있으며, 언제든 나쁜 일은 내일로 미루는 게 좋기(할머니가 들려준 오래된 속담이다) 때문이다.

정원을 한 바퀴 돌지도 않고 차는 곧장 출발했다. 내게는 이러나저러나 마찬가지였다. 구슬 달린 회색 쿠션과 미적지근한 침묵으로 실내를 채운 리무진은 살그머니 철책 쪽으로 방향을 틀었다. 파란 하늘 사이로 해가 솟았다. 도로에 쌓인 눈을 헤치며 간신히 굴러가는 차량들, 바게트 빵을

옆구리에 끼고서 부랴부랴 걸어가는 사람들, 미끄러지려고 할 때마다 웃으며 몸을 곧추세우는 행인들, 눈을 반짝이며 상점 유리문을 미는 사람들.

"지팡이를 들었으니, 모든 계산은 끝났네!"

할머니는 쓸데없는 미련에 종지부를 찍고, 그걸 자축하고 싶을 때면 그렇게 말하곤 했었다.

그 표현은 할머니와 할아버지가 약혼한 무렵, 붉은 군복의 완고한 용기병(갑옷에 총으로 무장한 기마병)으로 아르곤 숲에 주둔했던 할아버지가 사용하던 것이었다. 할머니는 내게 전투로 인해 더럽혀지고 질펀하게 녹아내린 눈 사이로 삐죽 모습을 드러낸 넝마같이 찢긴 나무들, 굼뜨게 움직이는 기병 소대, 먼지로 새까만 그들의 얼굴, 그들이 싸구려 포도주 한잔 마시기 위해 간이 술집으로 몰려가던 광경 등을 묘사해 주곤 했다. 피곤에 지친 그 젊은이들이 술 한잔 걸친 후 거나한 기분으로 말 안장에 오르는 순간, 주머니에 돈이 없다는 걸 깨닫게 되고, 바로 그때 혈색 좋은 뺨과 튼튼한 이빨을 가진 할아버지가 마침 뒷발질을 하고 있던 말에 박차를 가하며 둥근 황금 손잡이가 반짝이는 대나무 지팡이

　　　　육체노동자

로 위풍당당하게 허공을 후려치고는 소리쳤다는 것이다.

"지팡이를 들었으니 모든 계산은 다 끝난 거네!"

우리 역시 미불금을 모두 청산하고 이곳을 떠나고 있다. 앞으로 쇠락해 갈 일만 남은 작은 고딕식 집이 등 뒤로 멀어지고 있었다. 습기가 많은 작은 정원은 머지않아 이끼로 무성해질 테고, 그 이끼는 구멍이 숭숭 뚫린 자신의 황금빛 베일을 뻗어 앵초들을 말려 죽이겠지. 지하실처럼 움푹 들어가 앉은 부엌에서 붉은 창유리 안쪽의 텅 빈 방들 쪽으로 스멀스멀 기어 올라오는 공허한 냉기는 벽면을 벗겨 놓은 껍질처럼 쭈글쭈글 부풀려 벽지를 죄다 들뜨게 만들고, 쪽매 붙인 곳은 터지게 만들면서, 까만 곰팡이 포자가 촘촘히 박혀 있는 주춧돌 사이로 스며들겠지.

한동안은 선반 위에 놓여 있는 전화기를 볼 때, 집에 온 손님들이 진짜 초콜릿인 줄 알고 밤색 끄트머리를 살짝 깨물어 볼 정도로 정교하게 잘 만들어진 모조 초콜릿 접시를 볼 때면, 꿈결처럼 음울한 슬픔이 넘치는 추억에 잠기게 될 것이다.

그리고 또 사람과 같은 크기로 만들어진 잔 다르크상

도 추억을 불러올 것이다. 아름다운 장밋빛 뺨, 백치 같은 느낌을 주는 크고 파란 눈, 성숙한 여성의 것이라고 하기엔 너무 빈약한 가슴이 환히 드러나는, 구멍이 숭숭 뚫린 세련되지 않은 쇠사슬 갑옷. 그 잔 다르크상 때문에 우리는 많이 웃을 수 있었다. 현관 입구에 서 있는 그 상을 발견하고 손님들이 지어 보이는 표정들을 그때그때 흉내 내 가며 머리를 빗어 넘기던 빅토르의 얼빠진 듯한 태도는 우리를 기쁘게 해 주었었다. 빅토르, 세베로, 라이오넬 그리고 나는 어느 여름날 카르팡트라의 한 가게에서 헐값에 그 석고상을 구입했다. 그리고 기차로 파리까지 운반해 가는 대신 지프에 실어 코르뒤레로 가져갔다. 후텁지근하고 화사했던 그해 여름을 시간의 가벼움에 잠겨 보내는 동안, 대수롭지 않은 변덕과 발광의 산물로서 획득하게 된 전리품이 바로 그 잔 다르크상이었다.

그곳엔 잿빛 거리도, 도시도, 세간의 쑥덕거림도, 비굴한 타협도, 성가신 그 어떤 것도 없었다. 흐리고 창백한 하늘 끝엔 언제나 고운 먼지가 깔린 꼬불꼬불한 작은 길과 푸른 언덕이 끝없이 펼쳐졌다. 타는 듯 대기가 뜨거워지면서 축축한 습기가 몸을 감싸면 우리는 그 길을 달렸다. 그 작은 길은 잿빛 그림자를 드리우는 포도밭과 올리브 농장 사이로 구불구불 이어지며 편백 나무 숲을 감아 돌았고, 숲은 큼직한 돌들로 눌러 고정시킨 붉은 기와 지붕과 그 주위를 둘러싸고 있는 등나무가 자라는 작은 기와 벽을 가벼운 화장이라도 시킨 듯 뿌옇게 만들었다.

언제나 그런 풍경 속에는 필연적으로 한 노인과 그가 데리고 다니는 발바리가 있게 마련이다. 노인은 차양 아래 의자를 내놓고 앉아 꾸벅꾸벅 졸았고, 팔레트의 갖가지 색 물감을 다 씻어 낸 후에나 나올 것 같은 빛깔의 털을 가진 발바리는 목에 끈이 묶여 있는 줄도 모르고 우리가 타고 있는 차바퀴로 뛰어오르려고 했다. 그렇게 네 발을 모았다가 뛰어오를 때마다 끈이 개의 목을 조였다. 발버둥 치면 칠수록 짧은 줄이 자신의 목을 거칠게 조일 뿐이라는 걸 깨닫고서야 개는 주둥이를 바닥에 대고 엎드려 조용히 끙끙거렸다.

목에 밧줄만 매지 않았을 뿐, 우리도 어떤 의미에서는 그 개와 다를 게 없었다. 우리는 전략적으로 꽤 신중하게 보조를 맞추었다. 서로에 대한 정보를 주고받기 위해서 친밀

한 관계를 유지할 필요가 있었다. 세베로와 라이오넬과 나 우리 모두가 익히 잘 알고 있는, 다른 사람을 비웃는 듯한 공모의 눈길을 빅토르가 우리 중 한 사람에게만 보낼 때에도 아무렇지 않다는 듯이 상냥한 미소를 지어 보이는 방법을 우리는 터득했다. 빅토르의 눈길로부터 제외된 나머지 두 사람은 잔뜩 긴장한 채 자신만이 홀로 남겨진 듯한 외로움에 시달려야 했지만 내색을 할 수는 없었다. 충분히 상상이 갈 것이다. 주먹 세계를 지배하는 계율이라고들 말하는 '명예'에 비추어 얘기하면, 빅토르는 아직도 아첨꾼(라이오넬), 사면발니(나), 위선자(세베로)와 동침하고 있느냐는 결정적인 질문이 우리의 목구멍에 와서 아프게 박혀야만 하리라. 하지만 그 질문에 대한 대답은 우리의 자존심을 별로 건드리지 못할 것이다. 우리는 그가 자신의 여러 행동과 결부시켜 온 나름의 가치에 대해 조금은 알고 있었다. 그보다는 그가 그 속에서 끌어낸 권태와 불만족과 환멸 어린 슬픔을 더 많이 알고 있었다고 해야 할 것이다. 우리 세 사람은 모두 빅토르라는 이름의 사랑을 필요로 하는 존재였으며, 그 사랑이 무엇보다 중요하고 영향력이 크다는 걸 잘 알고

육체노동자

있었다. 하기는 시간이 흐른 뒤에야 무슨 말인들 못 하겠는가. 어쨌든 우리는 부자연스럽긴 하지만 감당할 수밖에 없는 우리의 사랑과 닮은 습관들을―빅토르는 그 어떤 것도 버리지 않았다. 심지어는 찢어진 셔츠도 보관하는 사람이었다― 하나씩 몸에 붙여 갔다. 사람들 사이의 반목을 조장하는 유일한 것이 있다면 그건 모욕과 혜택이다. 그래서 우리는 애써 그 두 가지를 드러내지 않고 아꼈다.

여름은 우리에게 잠정적인 휴식을 가져다주었다. 행복감을 느끼는 데에는 푸른 하늘만으로도 충분했다. 우리는 빅토르의 지프에 매달린 채 쪽빛 하늘을 만끽했고 덜컹거리며 요동치는 차에 몸을 맡겼다. 머리카락이 이마를 간질이고 바람이 눈을 쏘는 가운데, 우리는 수영복 차림으로 서늘한 쾌적함에 잠길 수 있었다. 마을 입구에 다다라서는 옷을 다시 챙겨 입고 산책을 했다. 주름 하나, 얼룩 한 점 없는 밝은색 옷을 입고 샘 주위를 거닐기도 했고, 또 한두 시간쯤 어디에 발을 딛고 서 있는지 알 수 없는 상상의 나라를 걷기라도 하듯이 아라베스크 조각이 장식된 건축물을 올려다보며 그 주위를 맴돌기도 했다. 두 테라스 사이를 연결해 주듯

널려 있는 꽃무늬 리넨 천이 새하얗게 펄럭였고, 빨간색 원피스를 입은 소녀와 머리에 포마드를 바른 까무잡잡한 얼굴이 창 앞을 스쳐 지나갔다. 발코니에서 누군가 우리를 향해 침을 뱉는다 해도 너그러운 마음으로 용서해 줄 수 있을 것 같은 나날들이었다.

빅토르는 맨 앞에서 걸으며 한 마리 새처럼 호기심 어린 눈을 반짝이며 사방을 살폈다. 그가 움직일 때마다 집시처럼 까무잡잡하게 그을린 그의 갈색 옆얼굴이 우리 눈 속으로 들어왔다가는 빠져나갔다. 작은 가죽 가방이 여기저기 기워 입은 그의 청바지를 쓸었다. 우리는 그에게 예쁘게 보이기 위해 옷차림에 무진장 신경을 썼지만 그는 자신의 옷차림엔 무신경했다. 우리는 여성적 매력과 경쟁하는 말 없는 그의 숭배자들이었다. 그런 면에서 난 우리 중에서 가장 강력하게 무장한 존재인 셈이었다. 빅토르가 맨살로 드러난 내 어깨를 애무하며 이런 말을 한 적이 있었다.

"이렇게 자그마니 예쁠 수가……."

그럴 때면 난 아주 흡족한 표정으로 새침을 떨었다. 한 번은 그가 내 옷에 달린 가죽끈을 손가락으로 잡아당기며 노랑과 빨강이 색색이 놓인 파라솔 밑으로 데리고 가 자기 옆에 앉히고는 박하수를 주문한 적도 있었다. 난 그의 옆에 앉아 초콜릿 아이스크림 두 개를 주문했다. 세베로는 태연한 척했지만, 내 존재가 자신을 비웃고 있다는 불공평한 느낌을 떨치기는 힘들었을 테고, 그 때문에 속으로 투덜거렸을 것이다.

"벼룩처럼 탱탱해 가지고, 암소처럼 먹어 대는 꼴은 또 어떻고."

세베로와 라이오넬은 철제 의자 깊숙이 엉덩이를 대고 앉았다. 바지를 구기지 않으려고 엉덩이에서 발뒤꿈치까지 다리를 쭉 뻗은 자세로 앉아 파라솔 밖으로 얼굴을 내밀고 햇살에 살을 태웠다. 그렇게 그들은 상쾌함을 즐겼다. 결국 나는 여자에 지나지 않았다는 게 곧 드러났다. 되돌려받기 위해 빌려주는 것이라고나 할까. 다음 순간 빅토르가 멀리서 사진이라도 찍는 것처럼 가늘게 뜬 실눈으로 라이오넬의 얼굴을 바라보았던 것이다.

"아름다워. 완벽한 살구빛이야. 싱싱한 아몬드 두 개 같은 저 눈하며."

세베로야말로 조각가가 엄지손가락으로 눌러 놓은 듯, 눈썹 밑에 움푹히 들어간 작은 낙엽 두 개 같은 눈을 가진 사람이었다. 더할 나위 없이 예쁜 눈이었다. 하지만 빅토르가 주시하는 건 그가 아니었다. 나는 어깨를 으쓱하며 말했다.

"라이오넬 말이에요? 두 알의 멋진 초록빛 굴 같군요."

빅토르는 세베로에 대한 찬사의 말에는 결코 동의하지 않았다. 그저 의례적인 반사작용으로 그를 관찰하고, 신랄하지 않은 상냥한 목소리로 있는 사실을 확인시켜 줄 뿐이었다.

"아직 코 옆에 습진이 남아 있네. 서둘러 치료해야겠어."

그들은 조반니 카치니의 두 조각상 〈여름〉과 〈가을〉이 서 있는 피렌체의 산타 트리니타 다리에서 만났다고 했다. 내게는 그 얘기가 농담처럼 들렸다.

"결국 또 트리니테 골목이군요! 아무래도 주소를 하나 선택하는 게 좋겠어요."

그 말이 재미있다고 생각했는지 세베로는 내게 기발한 아이디어들을 수집하는 곳에 한번 들러 보라는 말을 했다.

우리 셋 중에서 빅토르를 진정으로 사랑한 건 세베로

육체노동자

뿐이라는 생각이 든다. 과거에도 그랬고 지금도 그렇다. 그들은 감정의 사각지대를 맴돌았다. 당연히 빅토르로서는 평범한 우정만으로 충족되지 않는 권태와 초조에 시달려야 했을 것이다. 내 생각의 기발함을 얘기하며 세베로가 입에 올렸던 바로 그 프리쥐닉에서 두 걸음쯤 떨어진 생제르맹 거리에서, 그가 다가와 내게 말을 걸던 날은 세상을 비웃기라도 하듯 화창한 그런 날이었다. 이제는 단조롭고 변화 없는 것들을 못 견뎌하던 빅토르를 이해할 수 있을 것도 같다. 다른 비슷한 것을 연상시키지 않고 쉽게 웃음을 자아내는 기묘한 것이라면 가로등조차도 나 못지않게 그의 마음을 달래 줄 수 있었을 것이다. 난 그에게 말했었다.

"더도 덜도 말고 딱 5분만 얘기하세요. 할머니가 기다리시거든요."

"그럼 난 나이 든 고모쯤으로 하지."

그렇게 대꾸하며 웃던 그의 웃음이 내게는 할머니를 모욕하는 것처럼 느껴졌었다.

그는 그런 사람이었다. 게다가 불공평하기까지 한 사람이었다. 적갈색 머리의 세베로는 자신이 지금 기존의 도덕관념에 어긋나는 짓을 하고 있다는 불안감을, 예의를 갖춘 젊은 엘리트의 정중한 태도로 감췄다. 빅토르와 함께 지내는 동안 어느 집에 초대라도 받아서 가게 되면 그는 항상 아이들이 기다리고 있는 집으로 서둘러 돌아갈 채비를 하는 한 가정의 가장처럼 굴었다. 세베로는 마흔한 살로 빅토르와 동갑이다. 하지만 평소에 그는 한사코 자신이 서른아홉 살이라고 우겼다. 지금에 와서 그는 한꺼번에 두 살을 홀떡 먹은 꼴이 되었지만 아무려면 어떤가.

그렇다. 한동안 우리는 빅토르를 생각할 때면 그를 위해 존재했던 우리 자신들을 생각하게 될 것이다. 그러고는 그를 거의 이해하지 못했던 우리 자신들을 발견하게 될 것이다. 결코 다시는 돌아오지 않을 소박한 행복을 발견할 때마다 그저 슬픔에 젖는 것으로 만족해야만 하리라. 젊음과 아름다움과 그의 지프를 타고 다니면서 멋진 갈색 피부를 만들던 그 시절로는 절대 돌아갈 수 없으리라. 그 사실만으로는 아무 의미가 없기 때문이다.

우리의 리무진은 창에 서린 김 덕분에 장례차라는 것

을 속이며 위풍당당하게 외곽 순환도로를 무사히 빠져나갈 수 있었다. 부탁하기도 전에 알아서 길을 내주는 주변의 운전사들을 위압하며 혈통 좋은 회색 말처럼 쏜살같이 달렸다. 추월할 때마다 조금은 날카로운 시선으로 눈을 번득이며 우리의 얼굴을 힐끔거리는 호기심 가득한 그들의 표정이 눈에 들어왔다. 그리고 경미하게 씰룩거리는 그들의 입술에서는 인간적인 어리석음 외에 그리 곱지 않은 부러움의 흔적이 묻어났다. 물론 이런 고급 차가 몸에 익은 사람들도 많다. 나 또한 아쉴과 그의 고급 승용차에 익숙해져 있는 몸이었다. 코 위에 귀머거리용 안경을 눌러쓰고 핸들에 착 달라붙은 채 헤드라이트와 액셀러레이터를 한시도 등한시하지 않으며 여느 차들이 달리는 속도보다 빠르게 달리는 앙드레의 운전 솜씨에 익숙해져 있었던 것이다. 그가 운전하는 차를 타고 있으면 마치 다른 차들의 루프 위로 굴러가는 것 같은 느낌이 들었다. 그러면서도 그는 말 한마디 하지 않았다. 그는 어떠한 경우에도 냉정함을 잃지 않는 자기 주인을 빼닮았다. 앙드레는 거드름을 피우며 추월할 때마다 혼잣말을 했다.

"이것 참!"

끝내는 안달이 나기까지 하는 모양이었다.

"평상시에는 무슨 차를 타세요?"

내가 장례차 운전사 제라르에게 던진 첫 대화 내용이었다. 그는 애도의 말을 꺼내야 한다고 생각했는지 약간 불안한 기색을 보였다. 하지만 무미건조한 조금 전 내 질문을 그대로 되돌려 보냈을 뿐이었다.

"당신은 무슨 차를 타십니까?"

"저요? 엘리제 궁전에서 쓰는 차요. 대통령이 타는 차와 같은 건데 상표명은 모르겠네요."

사실이었다. 아쉴은 엉덩이는 늙어 가지만 어린 수탉처럼 유연한 몸을 가진 남자로서, 최고의 세련된 멋을 풍기고 싶어 하는 사람이었다. 그는 닦으면 닦을수록 윤이 난다는 믿음 아래 최고 수준인 것만을 모방했다. 『아메리칸 익스프레스American Express』, 『주르 드 프랑스Jours de France』, 『파리 에아 부Paris est á vours』 같은 잡지들의 목록을 죄다 외우다시피했고 시계는 까르띠에, 가방은 루이뷔통, 옷은 세루티 것만을 고집했으며, 별장은 생트로페에, 셋집은 크슈타트에, 2

월에 사용하는 고급 저택은 라마무니아에 두었다. 모든 게 그런 식이었다. 또한 건강을 위한 극진한 배려도 아끼지 않았다. 머리는 알렉상드르 헤어 디자이너가 만지고, 아침 식사를 하면서 손톱을 다듬고, 탱탱한 피부를 유지하기 위해 1년에 세 번씩 뱃가죽에 호르몬 주사를 맞고, 증권거래소에서 활동하는 정성 못지않게 콜레스테롤 수치와 전립선을 체크했다. 나는 그런 꼭두각시 아쉴을 조종하는 굵은 끈을 잡아당기고 흔듦으로써 빅토르에게 많은 웃음을 선사했다.

20년 동안 빅토르는 거의 매일 저녁 극장에 갔다. 남들의 눈을 의식해서 일부러 더 극장을 찾기도 했지만 그에겐 극장 출입이 유일한 호화 생활이었다. 그에게 더럽혀지지 않은 밤이 존재하는 유일한 장소는 극장뿐이었다. 그래서 그는 극장에서 극도의 만족감을 느낄 수 있었다. 처음엔 지팡이 하나, 그다음엔 두 개, 나중에는 바짓가랑이 속에 쇠막대를 숨겨 가면서까지 기를 쓰고 극장을 찾았다. 세베로와 라이오넬이 차례로 외투로 가리고 그를 부축하면서 도르래 역할을 했다. 그렇게 그는 대중들에게 자신의 존재를 확인시켰고 심지어는 거기에 큰 의미를 두었다.

하지만 나는 그러지 못했다. 난 아쉴의 소용돌이 속에 몸을 숨겼다. 그가 걸음을 옮길 때마다 조금씩 꺼져 가는 대지를 떠받칠 만한 힘도 무게도 없었다. 나는 앙상한 해골에 지나지 않았다. 장님놀이, 환자놀이는 몰라도 마법의 목발놀이까지는 감당할 수 없었던 것 같다. 사람들은 빅토르 옆에서 행운과 건강의 악취를 풍겨 댔다. 혹 내가 그와 비슷해질 수만 있다면, 쓸모없고 그로테스크하지만 불쌍해 보이지는 않는 두 발을 가진 휘청이는 불구의 몸이라면, 길을 걷다가 뒤로 벌렁 나자빠지는 한이 있더라도 그와 함께 땅을 기었을 것이다.

거미가 개미 떼를 풀었고, 개미 떼는 그의 사지와 목덜미와 내장을 먹어 치웠다. 그는 쉴 새 없이 몸을 긁어 대야만 했다. 게다가, 침이 목구멍에서 되올라 와서 침을 삼키기 위해선 또 낙타처럼 울어야만 했다. 그의 동료들은 어쩔 수 없이 그에게 알은척하긴 했지만 곧이어 조심스럽게 그에게서 눈길을 거두었다. 그리고 그걸로는 부족하다 싶은지, 눈을 깜박거린다든지 신경을 거스르는 소리를 낸다든지 하는, 그에게 방해가 될 만한 행동들은 모두 삼갔다. 붉은 커

육체노동자

튼만 친다면 그가 그 자리에서 생리적 욕구를 표출한다 해
도 너그럽게 눈감아 줄 수 있다는 태도였다. 그건 결코 예의
바른 태도가 아니었다. 그러면 그럴수록 빅토르는 더욱 자
주 극장을 찾았다. 극장은 그에게 무익한 존재를 보호하는
기술, 감정을 억누르며 의자에 앉아 있는 기술을 터득하게
해 주었다. 하지만 만족감은 슬픈 결말로 이어질 뿐이었고,
빅토르는 곧 그 지경에 이르렀다. 사람들에겐 굳이 연출할
필요가 없는 순간들이 있게 마련이다. 12월이 되면 개미들
이 동면에 들어가듯 그렇게 그의 몸에서 개미들이 완전히
사라졌다. 최선이라고 생각할 수도 있었지만 그건 최악이
었다. 빅토르의 몸은 옴짝달싹할 수 없게 꽉 옭아맨 것처럼,
풀을 먹이기라도 한 것처럼, 뻣뻣하게 굳어 갔다. 그때부터
연극 공연은 집에서 이뤄졌다. 쪽문을 닫아 놓고 그 앞에서
세베로는 '용감한 어머니'를, 라이오넬은 '살찐 새'를, 나는
'엉터리 하녀'를 연기했다. 예전에 우리를 즐겁게 했던 폭소
는 이제 거짓 웃음에 자리를 내주었다.

　　어리석을 정도로 순진하게, 연극에 정나미가 떨어질
정도로 자주 난 그 앞에서 공연했다. 연극 속에서 난 지나치

게 현실을 감독하고, 사후 세계를 내다보는 법을 터득한 듯한 그를 강하게 느낄 수 있었다. 정말 그랬다. 최소한 빅토르가 끙끙 앓는 소리라도 내 주었더라면 좋았을 것을. 그의 목소리 톤은 너무 일정하고 질서 정연하여 마치 시계의 톱니바퀴가 움직이는 것 같았다. 그는 하얀 해골이 되었을 이전 집주인들로부터 자신에게로 이어져 내려온 기괴한 평화와 한 세기 동안 지속되어 온 세대의 흐름이, 자신과 더불어 막을 내리고 있다는 사실을 음미하는 듯 보였다.

"우리 가족들처럼 아흔 살까지 살 거야. 요즘은 하루에 열 살씩 먹고 있거든."

하찮은 것에 대한 그의 애착은 점점 더 강렬해져 갔다. 그는 소문과 호기심과 험담의 길목을 지켰다. 웃을 때마다, 그가 죽어 가는 사람이라고는 감히 상상도 할 수 없을 정도로 생생한 즐거움이 병색으로 인해 누렇게 뜬 그의 얼굴에 번졌다. 아쉴은 빅토르를 즐겁게 해 줄 수 있는 나의 무궁무진한 영감의 샘이었다. 아쉴은 겉으로는 잘 드러나지 않지만 엄연히 그의 내부에 존재하는 공포와 그를 자만에 빠지게 한 재력 사이를 안절부절 서성이는 인물로서, 허망함을 대표하는 전형이자 부자 건달이었다. 그의 늙은 비서 수지는 이미 어느 정도의 부산함에는 길들여졌을 텐데도 수상 관저와「프랑스 수아르」지 사이에 혼선이 빚어졌다고 수화기에 대고 흐느껴 울고 있었다. 한번은, 사진 기자와 공화국 근위대 두 명을 연달아 급히 찾는 그녀에게 어느 멍청이가 전화를 연결시켰는데, 그게 하필이면 짓궂은 물건들을 파는 상점이어서 그녀의 얼을 빼 놓은 적도 있었다. 같은 시각, 아쉴은 엄청나게 넓은 사무실에서 백 번도 넘게 호통을 치며 네 개의 문을 끊임없이 여닫게 만들었고, 앙드레는 주변 사람들이 한번 입고 와 보라던 알파카 털로 짠 푸른색 스웨터로 단아한 성면상聖面像을 연출하고 있었다. 아쉴은 3초 정도 동물 털 같은 자신의 머리를 빗은 다음 불쌍한 수지에게서 눈물에 젖은 수화기를 낚아챘다. 그리고 나를 향해 군더더기 없이 몇 마디를 던졌다. 그의 말이 내게는 무척 인상적이었다.

"크리스틴, 저녁 식사가 좀 늦을 것 같아. 벨기에 황태후가 몸소 왕림하셨거든."

"자기(그를 난처하게 만들 만한 말을 할 때 난 '자기'라는 표현을 쓴다), 벨기에에 황태후는 없어요. 공주라면 몰라도."

아쉘은 자신의 괄괄한 성격을 이기지 못하고 화를 냈다. 도대체 왜 그가 화를 내는지 영문을 알 수 없었다. 그는 자신의 대화 상대와 위험할 정도로 완벽한 감정적 공유를 이룰 수는 없다 해도, 그 얽힌 끈만은 풀어야 한다는 책임을 느꼈는지 스위스 인터라켄에 레오폴드 왕 소유 오래된 사냥 별장이 있다는 사실을 자기 주장의 근거로 내세웠다. 하지만 그의 흥분은 금세 가라앉았다. 사람들이 실수로 얻어맞은 따귀 몇 대를 통해 겸손을 배우듯이, 그에게도 은밀하게 존재하는 겸손이 그의 흥분에 찬물을 끼얹었다.

"그래?"

목소리가 산타 할아버지의 팔에서 억지로 떨어진 아이의 목소리처럼 슬프게 들렸다. 딱하기도 하지. 왕태후가 불어난 강물이나 눈사태로부터 아쉘을 보호해 줄 수는 없는 노릇 아닌가.

"내가 착각을 한 모양이야. 황태후가 두 명인 것을. 왕과 왕비 각각 한 명씩."

그렇게 중얼거리곤 그는 어쩌다 한 번씩 1센티미터 정

도 커지곤 하는 상어 같은 눈을 내리깔고서, 직업상의 비밀을 말해 주기라도 하듯 넌지시 여왕도 자신의 고객 중 한 사람이라는 자랑을 했다. 어느 여왕을 말하는 걸까? 몰라도 상관없었다. 아쉴의 덜떨어진 모습에 대한 얘기를 들으며 빅토르가 느낄 신랄한 만족감만 망치지 않는다면 아무래도 좋았다. 빅토르는 뭔가를 어설프게 얘기하기에는 너무 빈틈없고 속이기 힘든 사람이었다. 한번은 내게 생화가 아닌 장미 조화를 배달시킨 적이 있었다. 무엇보다 아름답긴 했다. 꽃과 함께 짤막한 몇 마디가 쓰인 메모가 있었다.

"……나만큼 억지스러운 데가 있는 꽃이지. 너의 침묵에 감사한다."

그는 그 메모를 쓰면서 전혀 웃지 않았을 것이다.

아쉴의 차에 대해 내가 한 말이 아무리 생각해 봐도 이상하다 싶었는지 운전사 제라르가 드디어 입을 열었다.

"생각해 보니 빅토르 로덴바흐 씨를 텔레비전에서 본 적이 있는 것 같아요. 농구화를 신고 계시던데."

그가 한 손으로 얼굴을 쓸었다. 내가 두른 흰여우 모

피, 엘리제 궁전에서 타는 것과 같다는 자동차, 이런 것들과 결코 외적인 부유함과는 거리가 먼 농구화를 부합시켜 보려고 애쓰고 있는 게 분명했다.

"그 사람의 아내가 아니시던가요?"

"1년에 한 번 정도는 그랬다고 할 수 있겠죠. 하지만 그는 내가 다른 남자와 결혼하기를 바랐어요. 돈 많은 남자하고. 내가 모든 걸 가질 수 있도록 말이죠."

"그래서 정말 그렇게 하셨다는 말이에요? 지금 날 놀리시는 건 아니겠죠?"

"그러면 안 되나요?"

예의를 갖춰서 말해야 하는 건데, 내가 실수를 했지 싶었다. 그가 얼굴을 붉히며 액셀러레이터를 힘차게 밟았다. 나는 사과의 표시로 개인적인 정보를 약간 흘리기로 했다.

"아쉴 라르고라는 사람 아세요? 돈 많은 사람이라는 게 바로 그 사람이에요."

그는 흥분을 참지 못하고 아쉴에 대해 부정적인 반응을 보였다.

"썩을 놈!"

생각지 않은 그의 비난에 너무 놀라 내 눈엔 한가득 눈물이 고였다. 조용히 눈 위를 스치는 타이어 소리만이 깔리고 있다. 제라르는 엔진의 규칙적인 진동에 집중한 채 한동안 앞만 바라보았다. 지나친 말을 했다 싶었는지 이번에는 그가 먼저 친절한 화해의 손길을 내밀었다.

"청소를 하다 보면 사람들의 주목을 받지 못하는 비질이라는 것도 있는 법이죠. 사실 말이지, 라르고라는 사람 절대 우습게 봐서는 안 될 거예요."

난 무엇 때문에 내 연인들을 항상 수치스럽게 생각해왔을까? 루 안드레아 살로메와 그녀의 연인들이었던 니체와 릴케―프로이트는 확실치가 않다―를 생각할 때면, 연인들을 선택한 내 판단 기준에 의구심이 생길 수밖에 없었다. 그럴 때면 할머니는 마담 살로메는 무척이나 사람의 뇌를 먹고 싶어 했던 인물이 아니었겠느냐는 말로 날 위로하려 들었다.

아쉴은 내가 툭하면 일을 그르치는 면이 있는 건 사실이지만, 그런 나의 결점이 자신을 기쁘게 한다는 걸 본능적으로 간파했던 것 같다.

"넌 말야, 빨리 녹는 게 꼭 캐러멜 같아."

이 말만은 입 밖에 내지 않았는데도 빅토르는 내 마음을 아프게 후비는 말을 했다.

"무섭다. 진실만을 얘기하는 넌, 정말."

어리석은 일이긴 하지만 내겐 타인들에게 내 삶에 관해 주절주절 떠드는 버릇이 있다. 그러고 나면 언제나 궁지에 몰려 있는 자신을 발견하게 되면서도 말이다. 날 잘못 판단하고 있는 그들을 보게 되기 때문이다. 할머니와 빅토르는 닮은 구석이 아주 많다. 우리는 어떻게 손써 볼 수 없는 존재들이다. 우리는 미지의 사람들에게 개인적인 얘기를 털어놔 그들을 난처하게 만들면서, 그들의 난처함에 대해선 아무런 걱정도 하지 않는다. 그때 우리는 이미 다른 곳으로 떠나가 있는 것이다. 이것은 증인을 찾아 헤매는 일종의 유희이다. 우리의 비밀스러운 이야기를 가지고 훈련을 시키긴 하지만 결코 우리를 속박하지는 않을 그런 증인들을 찾는 유희. 사람들은 우리가 모든 것을 얘기하고 있다고 믿지만, 정작 우리는 아무것도 얘기하지 않는다. 대부분의 경우 진정한 비밀은 슬픔이다. 우리 세 사람은 모두 잘 알고 있다. 전혀 그렇지 않은 척할 뿐이라는 것을.

할머니는 말하곤 했다.

"날 감동시키는 사람들이 없어. 그래서 아예 다가오질 못하게 하지. 그들과 가까이 지내고 싶지 않아. 모든 사람들은 서로 아주 가까이 있지만, 쯧, 아니다…….."

그러면서도, 푸른 기 도는 구름 같은 머리, 까만색 옷, 천연 진주 목걸이, 그런 멋진 차림으로 할아버지가 사용하시던 둥근 황금 손잡이가 달린 지팡이에 거의 몸을 싣다시피 기댄 채, 옛 추억을 보듬기 위한 변덕스러운 기분이 되어 호사라도 부리듯 마자린 거리에 있는 꽃집을 들어서기도 했다.

"저기 저 크고 노란 단지에 꽂혀 있는 자그맣고 하얀 꽃송이들을 안개라고 하죠, 그렇죠? 내가 약혼했던 무렵, 아르곤 숲 한적한 곳에 곧 무너져 내릴 것처럼 허름한 여인숙이 하나 있었는데 그곳에도 이거하고 똑같은 꽃이 피어 있었지. 사람들이 전선을 넘나들며 마구 죽어 나자빠지던 시절이었는데."

꽃집 주인은 장사 경험상 그녀가 많은 꽃을 팔아 줄 고객이 아니라는 걸 짐작할 수 있었다. 하지만 미래를 위해 신중하게 처신했다. 노부인이 죽더라도, 그 딸은 결혼하게 될 테니 말이다. 꽃값은 충분히 하는 셈이다. 그녀가 어정쩡한 태도로 젖은 손의 물기를 닦았다. 진짜 금도금이라도 한 듯 반짝이는 할머니의 눈길에서 절박하면서도 희망적인 그 무언가가 진하게 묻어 나왔다. 할머니의 하소연을 막을 자는 아무도 없었다.

"종잇장같이 얇은 얼음이 서린 작은 방, 가짓빛 리놀륨, 난로 석쇠 위에서 타오르는 조개탄. 그런 방에서 서로 사랑을 나누었다고 생각해 보시오. 그 사람도, 나도 몰랐어. 하지만 우리는 맘껏 서로를 애무하고 바라보았지. 우리의 눈은 생기로 가득했고."

손을 자유롭게 쓰기 위해 팔꿈치만으로 지팡이를 짚고 선 할머니는 가방을 뒤져 안경을 찾아냈다. 아, 내 눈이 여기 있었구먼, 하면서. 그러고는 안개꽃다발 옆으로 다가가 고작해야 몇 상팀centime 정도밖에 되지 않을 동전들을 하나하나 지갑에서 꺼냈다.

"시원한 곳에 잘 보관해 두었다가 당신에게 아름다운

미소를 보내올 최초의 남자에게 선물하시구려."

장밋빛 블라우스를 입은 꽃집 여자는 꽃 뒤에 선 채로 아스파라거스 잎사귀 하나 건네지 않고 돈을 받았다. 그녀는 세상에 별 미친 사람도 다 있구나 생각하며 할머니를 너그럽게 봐 주었으리라. 할머니가 웃었다. 할머니는 그렇게 웃는 걸 좋아했다. 나도 함께 따라 웃었다. 할머니는 당신을 그런 식으로 웃게 만든 건, 엄마가 현관 초인종을 누르던 날 그 옆에 서 있던 바로 나였다고 말했다.

"크리스틴을 데려왔어요. 어머니가 옳으세요. 가족 품에서 자라는 게 크리스틴에게 좋을 것 같아서요."

어린 소녀들이 흔히 입는 원피스를 입고 있긴 했지만, 얼굴을 잔뜩 찌푸린 작은 강아지로밖에 보이지 않는 한 여자애가 현관 앞 도어 매트에 서 있는 것을 본 순간 할머니는 자신을 보며 미소 짓고 웃는 법을 내게 가르쳐 줘야겠다는, 태양처럼 환한 갈망만을 강하게 느꼈다. 조금은 비웃듯이, 그리고 조금은 근엄하게 할머니는 어린애가 생기는 데에 아무런 대비도 하지 않았다고 말했다. 엄마 역시 그렇다고 대답했다. 시기를 좀 놓치긴 했지만 난 소중하기 그지없는 유산이었다. 할머니의 달콤한 꼬마, 금발의 새침데기였다. 나를 만나기 전에도 할머니는 최고로 은밀한 기쁨을 한껏 누리며 살 수 있었다. 또한 과거 속을 산책하며, 손상되지 않고 그대로 보존되어 온 기억 속 기쁨들을 발견하는 즐거움으로 흐뭇해할 수도 있었다. 하지만 살아가는 기술 중 가장 우아하다고 할 수 있는 웃는 기술만은 소홀히 해 왔던 것이다. 이제부턴 그림의 멋을 살리기 위해 액자까지 멋있어야 하는 일만 남았다. 그래야 안심이 된다. 아무튼 그 모든 게 내게 달려 있었다. 도둑이 훔쳐 지하실에 숨기든 말든, 내게서 웃는 기술을 빼앗아 갈 수 있는 사람은 아무도 없다. 또 기진맥진 절망에 빠져 잘못된 이별에 발목 잡힌다 해도, 그의 존재 여부와 상관없이 그를 향한 사랑을 간직할 수도 있다. 그럴 땐 "그대가 어느 곳에서 악마나 상아처럼 억센 손과 싸우든 간에 난 불꽃 위에서 숨 쉬듯 그렇게 그대를 영원히 사랑하리라" 하는 말조차 필요 없다.

다섯 살 때쯤이었을까. 상아처럼 억센 손에 얻어맞고 난 후 난 아빠가 로켓을 타고 하늘로 올라간 것이라는 믿음을 의심하게 되었다. 할머니는 나의 주의를 다른 데로 돌리기 위해 이런 말을 해 주었다. 내가 할머니 집에 오게 된 것은 대사들의 당당한 협상 노력으로 이루어진 것이라고, 나를 가로채다시피 키워 온 세귀르 백작 부인이 괴로운 심정을 담은 전보("할머니가 기다리고 있다고 전하겠습니다.") 한 통을 보내옴으로써 이루어진 일이라고. 아직은 세상을 이해하지 못하던 무렵, 난 그 일로 인해 나를 둘러싼 세상이 미쳤다고 생각하게 되었다.

내가 태어난 로스앤젤레스 외곽 오렌지 카운티에 관한 기억은 거의 없다. 그곳의 우편엽서만을 가지고 있을 뿐이다. 적어도 엄마나 나, 두 사람의 입장에서 생각하면 난 너무 일찍 세상에 나온 셈이다. 엄마가 말한 적이 있었다.

"넌 태어날 때 모자랐던 몸무게를 끝내 되찾지 못하고 마는구나."

엄마 역시 나로 인해 잃은 게 많은 사람이다. 아무튼 내 출생지는 많은 혼란을 지운다. 내가 고백할 수 있는 게 있다면 단지 이것뿐이다. 엄마는 클리쉬에 살고 있었으며, 사람들은 나를 버린 엄마를 경솔한 사람이라고 생각할 테지만, 나는 그 사실을 기억하지 못한다는 것. 오렌지 카운티는 모든 걸 구원한다. 엄마는 자신의 즐거운 삶을 위해, 줄기가 계속 이어지는 종려나무와 멋진 몸매의 캘리포니아 수영 교사들과 부자 중의 부자들만이 산다는 밸보어 거리에 사는 폴란드인 변호사(엄마에게는 나의 아쉴과 같은 존재였음에 틀림없다)가 있는 그곳에 정착했다. 우리는 그 남자의 사진을 본 적이 없다. 할머니는 엄마가 그 사람과 결혼하는 걸 반대했다. 할머니는 엄마에게 전보를 쳤다.

"어느 것에도 서명하지 말아라. 폴란드 사람들 때문에 1939년 9월 3일에 있었던 별것 아닌 서명 하나가 3천 8백만의 죽음을 몰고 왔었다."

엄마는 할머니의 전보에 즉각 답해 왔다.

"두 사람 모두 사랑해요. 이곳의 노인들은 모두가 두 사람처럼 테니스화를 신더라고요."

엄마는 상당히 젊어 보이는 편이다. 엄마는 2년째 우리를 보러 왔다. 할머니에 대한 마자린 꽃집 주인의 잘못된 생각을 좀 바꿔 줄 요량으로 흔들리는 안개꽃 사이에 기분 좋게 파묻혀 있던 어느 날 우연히 빅토르와 마주친 적이 있었다. 엄마를 본 빅토르가 내게 말했다.

육체노동자

"친구가 굉장히 피곤해 보인다."

빅토르가 생시몽을 숭배하는 건 그리 놀랄 일도 아니다. 그가 다정한 표정을 지었다.

할머니가 나이답지 않게 순수하고 낭만적인 표현―그런 표현법은 원래 내 스타일이다―을 써 가며 들려준 많은 사랑 얘기들은 날 혼란에 빠뜨렸다. 하지만 할머니와 내가 만나게 된 상황―엄마는 내가 엄마 없이도 가족과 잘 지낼 수 있을 거라고 확신한 모양이다―은 희극적이긴 해도 결과적으로 그리 나쁜 것만은 아니라는 생각이 든다. 한편으론 이런 생각도 든다. 사람은 원하는 사람을 사랑하는 게 아니라 원해도 좋을 사람을 사랑하는 것이라는. 빠져나갈 수 없는 논리이다. 아무리 하녀가 집요하게 자신의 꿈을 붙잡고 늘어진다 한들, 한여름마다 꼬박꼬박 내 눈으로 직접 확인했던 밤하늘의 페르세우스좌 유성들과 7월 14일(프랑스 혁명 기념일)을 경축하는 불꽃놀이를 혼동하는 나 같지는 않을 것이다. 페르세우스좌는 흩어져 있는 성좌이다. 8월 12일 밤(어쩜! 이날은 바로 빅토르의 생일이다), 태양이 나지막이 기울며 페르세우스좌를 스치면 한줄기 비처럼 별똥별이 쏟아진다. 땅에 사는 사람들은 자신의 소원을 들어주기 위해 하늘에서 벌어진 기쁨의 불꽃을 보았다고 믿는다. 그저 작은 폭발로 생긴 얼음 조각에 불과한데 말이다. 미국의 우주 캡슐 제미니호와 러시아의 미르호가 그 파편들을 수집하는 데 성공하긴 했지만, 우리 손에 남겨진 것은 재뿐이었다.

그것이 재이든 아니든 간에, 사랑하는 사람들이 함께 느끼고자 하는 찬란한 눈부심은 천문학적인 밤의 그것보다 헛소동으로 끝나기 일쑤이다.

할머니는 식탐이 없는 사람이다. 그런 만큼 호기심도 없다. 할머니는 순풍에 돛을 달고 페르세우스좌 사이를 누비고 다니듯 새로운 연애 사건들을 만들고 다니는 나를 경계하거나 힐책하는 법이 없었다. 문을 쾅쾅 소리 나게 닫고 웃으며 뛰어다닐 때나, 집 앞 현관에 큰 촛대를 받쳐 들고 서 있는 흑인 아이 동상을 껴안아 줄 때의 내 해맑은 모습을 할머니는 이렇게 칭찬해 주었다.

"그래, 그래야지. 크리스틴, 넌 그런 아이다."

또 이를 갈며 그 흑인 아이 동상을 백치 취급하고 스카프로 그 동상의 얼굴을 덮어씌울 때, 퓌레(감자 따위로 만든

죽)를 앞에 놓은 채 어깨를 축 늘어뜨리고 앉아 포크로 음식을 깨작거릴 때는 따끔하게 주의를 주기도 했다.

"애야, 제멋대로 굴면 못쓴다."

가끔 나는 할머니가 저녁을 준비해 놓은 것을 알면서도 저녁밥을 마다하고 일찍 잠자리에 들곤 했다. 내 방은 잠들지 않는 도시를 연상시키는 자두빛 하늘 같은 색이고, 방 벽지는 머지않아 할머니의 나이와 같아질 것이다. 그러나 내 방에 변화를 주고 싶은 생각은 전혀 없다. 나는 할머니가 정성스레 다리고 꼼꼼하게 단추를 달아 놓은 파란색 잠옷을 입는다. 회복기에 접어든 환자처럼 정갈하고 편안한 느낌이다. 할머니가 부엌을 오가는 소리가 들려온다. 여느 때처럼 네 번씩 연거푸 그릇들을 정리하고 있는 게 분명하다. 그래야만 할머니는 직성이 풀렸다. 눈을 감고 있자니 할머니가 어느새 내 곁에 와 있었다. 내 머리칼을 쓰다듬는 할머니의 손길이 느껴진다.

"무슨 걱정거리라도 있니?"

"아뇨."

말할 용기가 없다는 게 속상하긴 했지만 난 그저 아니

라고만 대답했다. 할머니는 계속해서 자신을 속이고 있는 날 벌주기 위해 슬쩍 칼을 뺐다.

"전율이라는 게 대부분 기류의 변화에 따라 생기는 소름이라는 사실을 말해 준 적이 있니? 넌 어렸을 때 네 발로 기어다니며 거실에 있는 장난감들을 죄다 내 방문 앞에 쌓아 놓곤 했었다. 그런데 지금의 넌 빅토르는 물론이고 좋아해 보겠다고 작정하고 만나는 다른 가엾은 청년들과도 계속 관계를 유지하고 있지. 그건 빅토르를 즐겁게 할 뿐이야. 유감스럽지만, 사랑이란 단 한 사람하고만 가능한 거란다. 설사 옆에 다른 누군가가 있다고 해도 말이다."

감정적인 혼란을 해결할 기적의 비법을 간파해 내는 일은 내 몫으로 남았지만, 할머니의 알 듯 모를 듯한 말은 내게 위안을 주었다. 천 번을 물어도 꼭 대답해 줘야 한다는 듯이 할머니를 궁지로 몰면서, 그렇다면 할머니는 언제나 할아버지만을 사랑했느냐고 묻자 할머니는 나의 무례함을 뜬금없는 대답으로 받아넘겼다.

"할아버지는 자신을 쥘리오라고 불러 주기를 바라셨단다. 원래 이름은 쥘르인데 용기병들 사이에선 그게 요강을 지칭하는 말이었다는구나."

기병대의 씩씩함과는 무관한 어떤 기쁨이 그녀의 미소와 맞물렸다. 동시에 그 표정 위로 꿋꿋하지만 교활해 보이는, 비밀스러운 분위기가 번졌다. 사람들은 할머니가 할아버지를 너무 일찍 떠나보냈다고 안타까워했다. 하지만 이러나 저러나 그녀에게 할아버지는 영원히 썩지 않는 눈부신 존재일 것이다. 그리고 다 쓰러져 가는 아르곤 숲의 한 여인숙에서 얼음장같이 차가운 침대 위로 벗어던진 할아버지의 멋진 붉은색 점퍼도 그녀에게는 그러할 것이다. 그 뒤의 세월은 그저 소리 죽여 조용조용 흘렀으리라. 결혼에 관해 물은 건 부질없는 짓이었다. 할머니가 몸을 홱 틀며 웃었다.

"페탱이 챙모자 드골의 애인이었듯이 남편도 애인인 거지, 뭐. 암."

무섭다는 생각뿐이었다. 단 하루 동안의 행복이, 남아 있는 모든 날을 미리 재미없게 만들 수도 있다니. 할머니는 터져 버려라 하는 심정으로 천장을 향해 베개를 집어던지는 나를 못 본 척해 주었다.

"내일 화장품 가게에 나가 샤넬 37호 립스틱이나 하나

사다 다오!"

할머니는 지팡이를 짚고 내 침대에서 몸을 일으켰다. 그러고는 종종걸음으로 문 쪽을 향해 걸어갔다. 할머니의 까만색 새틴 슬리퍼가 마룻바닥을 쓸었다. 할머니의 등에서 그녀가 늙었다는 걸 증명하는 듯한, 둥글게 휜 언덕을 보았다. 할머니는 발을 무겁게 하는 바둑판 무늬의 슬리퍼는 결코 신지 않는다. 내 쪽에서 먼저 할머니를 꼭 껴안는 법이 없는 것처럼, 할머니의 목소리도 언제나 변함없이 나지막하다.

"너 말이다, 내 곁을 떠나지 않겠지?"

할머니의 이름은 로즈이다.

교외를 빠져나와, 그 길이 주는 평범한 몽상에서 벗어나 접어든 남부 고속도로는 아쉴이 말한 대로 답답하기 그지없었다. 잿빛 콘크리트 블록으로 비용을 별로 들이지 않고 지은 별채들, 기계로 찍어 만든 기와, 양탄자가 지그재그로 펄럭이는 창문들, 모조 벽난로 위에서 사람들의 손을 타는 유리로 만든 새들. 고속도로는 마치 삶을 고통 속으로 몰아넣는 근심, 걱정을 향해 창공을 가르며 질주하고 있는 것

육체노동자

같았다. 톨게이트에 다다른 운전사는 브레이크를 밟으며 사물 칸을 뒤져 까만색 선글라스를 꺼내 썼다. 정면에서 하얀 눈이 또 다른 태양처럼 눈부신 빛을 반사하고 있었다. 우리는 대리석을 채취하고 있는 도로 옆 비탈길로 접어들었다. 서리 맺힌 소관목들이 깨진 유리처럼 보였다. 저절로 반쯤 감겨 오는 눈, 앞 유리창을 통해 전해지는 열기로 인해 달아오르는 얼굴, 우리는 어린아이 방을 감싼, 때 묻지 않은 망사 천 사이로 소리 없이 잠겨드는 평화를 느꼈다. 내 뒤에서, 내 등에 딱 붙은 채로—고개를 돌리기만 해도 관의 한쪽 모서리가 턱에 닿았다— 빅토르는 기묘한 요람에 누워 자고 있었다. 현명한 눈으로, 기나긴 침묵 속에서. 내가 그의 어머니였더라면 그에게 이런 말을 했을 것이다.

"어렸을 때도 널 사랑했고 다 자랐을 때도 널 사랑했다. 크나큰 기쁨일 때도 널 사랑했고 엄청난 고통일 때도 널 사랑했다. 하지만 땅속에 묻힐 수밖에 없게 된 넌 용서할 수가 없다. 한 여자를 엄마와 똑같은 상황에 빠뜨리다니, 이 얼마나 뻔뻔스럽고 기막힌 일이니!"

에밀리엔이 먼저 빅토르의 어린 시절을 입에 올려서

그렇지, 내 쪽에서 먼저 어린 빅토르를 상상할 마음은 추호도 없었다. 에밀리엔은 영국 여왕과 닮았다. 그녀는 통통한 몸, 얌전한 중간 톤의 가지런한 머릿결, 상냥한 표정의 소유자이다. 빅토르가 죽었을 때 그녀는 은박지에 싼 로스트 치킨을 가져왔다. 현관에 걸린 작은 청동 종을 거침없이 세 번 흔들고 난 후, 우리를 향해 소리쳤다.

"닭고기가 벌써 다 익었구나. 이제 먹기만 하면 된다."

우리는 그녀의 목소리만 들어도 그녀가 웃고 있는지 아닌지 대번에 알 수 있었다. 그녀의 목소리에선 불평이나 갑작스러운 감정들도 아무 거리낌 없이 표현하는 꾸밈없는 태도가 배어 있어서, 상대방이 쉽게 친근감을 느끼게 했다. 그녀는 자신을 필두로 하여 각자의 비밀을 존중했다. 그녀에겐 빅토르 말고 다른 아들이 하나 더 있다. 그 아들은 아프리카의 한 나라에서 전신주를 박는 일을 하고 있으며 뚱뚱하고 결혼을 한 몸이다.

"그 애 역시 자식이 없다우."

그녀는 하늘이, 하늘의 불가사의가 빅토르만이 아닌 가족 전체의 운명을 순탄치 못하게 만들고 있다는 체념에

육체노동자

젖은 목소리로 말했다. 온 생애를 속고 살아온 여인들에게서 볼 수 있는 오만한 여유가 그녀에게서도 묻어 나왔다. 오리 다리를 부러뜨리듯이(할머니의 점잖은 표현을 빌려 본다) 그렇게 대수롭지 않게 한평생을 살아온 그녀들은 이제 아무 무서운 것 없이 그 세월을 응시할 수 있다. 그녀는 여전히 강하다. 아들의 임종 직후 닭고기 요리를 들고 나타남으로써 어머니의 역할이 얼마나 진정으로 우직할 수 있는지 강렬하게 보여 주었다. 그녀는 어머니답게 아들과 자신의 격조한 관계를 털어놓았다. 우리는 그때 눈물로 범벅이 된 코를 풀고 있었다. 빅토르의 방은 일 층 현관에서 계단 몇 개만 뛰어오르면 되는 곳에 자리하고 있다. 문만 열어 두면 모든 소리가 다 들어온다. 우리는 로덴바흐 부인이 신발 뒤축으로 타일 바닥을 규칙적으로 쓸며 부엌을 오가는 소리를 분명히 들을 수 있었다. 은박지가 바스락거리는 소리와 사기 접시를 찾아 치킨을 담는 소리가 들려왔다. 잠시 사이를 두고, 로덴바흐 씨가 층계 밑에서 크게 심호흡하는 소리가 들렸다. 그리고 어린아이처럼 행동하는 그에게 부인이 내지르는 고함도 들렸다.

"똑바로 좀 서요, 루이 페르디낭, 조용히 하시라고요, 제 손은 놓고, 앞장서세요."

"난 말야, 난……."

그는 끊어질 듯한 호흡을 가다듬으며 뭔가 말하려 했다. 그러더니 갑자기 밑도 끝도 없이 괴성을 지르기 시작했다.

"빅토르!"

우리는 그 부부의 눈에 띄면 안 될 것 같아 빅토르의 침대 밑으로 숨을 생각도 했다. 언제나처럼 그녀는 알아들을 수 없는 말들을 중얼거리며 함께 계단을 오르는 남편에게 잔소리를 퍼부어 댔다. 그는 물에 빠진 사람처럼 허우적거리며 아내의 뒤를 따라 층계를 올랐다. 하지만 아내의 잔소리에 이렇다 할 별다른 대꾸를 하지는 않았다. 우리가 몸을 숨기지 못한 게 잘못이었다. 드디어 그녀가 정면에서 우리를 발견했다. 그녀는 상냥한 표정을 지으며 다가와 우리에게 차례대로 말을 걸었다. 우리는 어찌할 바를 몰랐다. 그녀를 자세히 보고 있자니 반들반들 윤이 나는 이마와 아주 얇은 입술이 눈에 들어왔다. 그녀는 더듬더듬 두세 걸음 우리 앞으로 다가왔다. 벽에 걸린 세 개의 빈 액자만큼이나 크고 공허한 눈으로 우리의 존재를 유심히 살폈다. 그녀는 아들에게 한 발짝도 다가서지 않았다. 만지지도, 입을 맞추지도 않았다. 그저 희미한 빛 속에서 뭔가를 따라 시선을 옮길 뿐이었다. 갑자기 그녀가 내게로 몸을 돌렸다. 아마 내가 빨간색 옷을 입고 있었기 때문이 아닐까 싶다. 그렇지 않고서야 그럴 만한 특별한 이유가 없었다.

"당신이 크리스틴이죠?"

마치 그동안 나를 전혀 모르고 있던 사람처럼 물었다. 하긴 10년 동안 우리가 마주친 횟수라 해 봤자 고작 네 번이 전부가 아니던가. 그것도 만날 때마다 서로 곱지 않은 시선을 주고받았었다. 그녀가 빅토르에게 이렇게 말했다는 걸 난 알고 있다.

"그 젊은 애 말이다. 유감스럽게도 별 볼 일 없는 집안 출신이더구나."

그녀 역시 내가 빅토르에게 이런 말을 했다는 걸 알고 있다.

"당신 어머니가 신부님들을 손에 쥐고 흔든다는 소문이 있더군요. 덕분에 신부님들이 황달에 걸릴 지경이래요."

빅토르는 그녀가 어금니 하나도 손대지 않고 지금껏 잘 간수해 온 분이라고 자랑삼아 말했다.

어찌 됐건 난 에밀리엔을 존경한다. 그녀는 작은 키와 달리 거인같이 처신하는 사람이다. 빅토르는 버릇처럼 어머니의 그런 면들을 하나하나 예까지 들어 가며 얘기해 주었고, 그러다 보면 덩달아 내 결점들이 부각되기 일쑤였다.

"시골에 살 때 어머니가 방 창문에서 총을 쏴 한 방에 까마귀를 잡은 적이 있었어. 회반죽을 만들 줄도 알고 이로 못을 고정시키기도 하셨어. 한겨울에 모터를 단 자전거를 타고 빙판길을 7킬로미터나 달린 어머니시지. 택시비를 아껴 보겠다고."

그녀는 다시 똑같은 질문을 했다.

"당신이 크리스틴이죠?"

나는 어안이 벙벙하고 말문이 막혔다. 그녀의 입술 위로 지울 수 없는 미소가, 갓 태어난 빅토르를 바라보며 흐뭇해하고 행복해하던 그 젊은 시절부터 간직해 왔을 미소가 번져 나갔다.

"저 애가 얼마나 멋진 녀석인지 알 수 있다면 좋으련만."

육체노동자

그녀가 나지막한 소리로 말했다.

"저 애는 매력이란 매력은 다 갖고 있었다오. 사는 동안 난 그저 일시적인 도움밖에는 주지 못했지."

그녀는 고개를 들어 천장을 올려다보았다. 미소가 살갗을 미끄러지듯 스치고 지나는가 싶더니 몸에서 떨어져 나와 허공으로 날아올랐다. 그리고 난 멍한 눈으로 허공을 떠다니는 그녀의 미소를 좇았다. 갈색 머리, 통통한 몸집의 빅토르는 요람 속에 누워 잠들어 있었다. 새하얀 망사 커튼, 흰색 융단, 그 모든 것들은 영원히 변치 않을 것처럼 훌륭해 보였다. 아들의 이마를 어루만지던 에밀리엔의 손이 두 눈 위에 놓였다. 아들의 눈을 감겨주어 그를 잠재우겠다는 몸짓이었다.

다행히도 루이 페르디낭 로덴바흐가 그녀의 어깨를 끌어당기며 나무라듯 말했다.

"에밀리엔, 제발 좀 앉구려. 당신 지금 안색이 얼마나 창백한지 알아? 이러다가는 내일 기차 탈 힘도 없겠어."

"저 애, 하나도 무거울 것 같지가 않군요."

에밀리엔이 보일 듯 말 듯 미소를 지으며 중얼거렸다.

"우리보다도 가벼울 거야. 너무 작아."

　에밀리엔은 죽은 아들 곁에 정확히 5분 동안 머물러 있었다. 외투도 벗지 않았고, 아들을 쳐다보지도 않았다. 예전 아들의 모습을 상기시켜 주는 빛나는 기억들을 흐리고 싶지 않아서, 모자가 나누는 작별의 순수함을 망가뜨리고 싶지 않아서 그런 것이라고 이해했다. 아니, 그렇게 상상했다. 우리가 그곳에 더 이상 머무는 건 난처한 일이었다. 우리는 빅토르의 피붙이가 아니다. 그저 빅토르라는 행복한 한 인간을 사랑한 사람들일 뿐이다. 그가 아무리 자신은 행복한 사람이 아니었다고 우겨도, 그가 병들기 전 "당신 때문에 눈물 흘리는 일은 결코 없을 거예요."라고 그의 앞에서 내가 공공연히 떠드는 동안, 거리를 헤매고 전쟁터를 누비고 병원을 들락거렸을 숱한 사람들보다 그가 더 불행했다고는 할 수 없지 않은가. 로덴바흐 부인의 입장에서 보면, 세베로와 라이오넬과 나란 존재는 불투명한 미래, 난잡하게 어질러진 방, 구깃구깃한 시트 속에 숨어 지낸 그의 방황과 고통을 지켜봐 온 별로 명예스럽지 못한 증인에 불과했다. 한순간 이런 생각이 들었다. 빅토르는 도저히 봐 줄 수 없는 모습으로 웅크린 채 잠들기 일쑤였고, 면도도 하지 않고 제대로 세수도 안 한 모습으로 사람들을 만나곤 했는데, 빅토르의 그런 너저분한 행동거지를 세베로가 그냥 방관하고 있었던 게 아닌가 하고 말이다. 눈썹 사이에 깊은 주름이 하나 있고, 살짝 벌어진 입술이 상심에 잠긴 그 작은 주름살을 더욱 두드러지게 하는 모습으로 그는 누워 있다. 로덴바흐 부인이 옳았다. 로덴바흐 부인의 생각대로라면, 빅토르를 쳐다보는 건 파렴치한 짓이다. 이제껏 난 사랑이 누군가를 향해 자신을 내던지는 일종의 돌진이라고 믿었다. 하지만 그 반대일 수도 있다는 걸 깨달았다. 이렇게 무방비 상태로 누워 있는 빅토르를 보지 않을 수만 있다면 그게 무엇이 됐든 다 내줄 수 있을 것만 같았다. 상식적인 행동들은 모두 아내에게 떠넘기고 그저 어쩔 줄 몰라 하던 로덴바흐 씨가 제 모습을 찾았다. 계속 숨을 헐떡이긴 했지만 점차 호흡을 가다듬었다. 그 때문인지 조금은 무기력해 보였다. 그는 빅토르의 주검 앞에서 완전히 넋이 나간 것 같았다. 좀더 가까이에서 아들을 보기 위해 그는 몸을 숙였다. 그의 이마가 아들의 이마에 거의 맞닿았다. 그와 동시에 굵직하지만 금방이라도 깨질 듯한 쉰 목소리가 울려 퍼졌다.

"이럴 수가 있나! 끝났네, 내 인생은 끝장났어."

그는 한바탕 고함을 치고 나자 마음이 조금 진정되는 모양이었다. 에밀리엔이 그의 한쪽 소매를 잡아당겼고 그는 아주 자연스럽게 팔을 내주었다. 그들은 군중을 거느리기라도 해야 할 것 같은 당당한 모습으로 함께 방을 나섰다. 우리는 한 세 번쯤 떨리는 미소를 주고받은 것 같다. 세베로와 라이오넬은 다시 의자에 주저앉았다. 이번엔 빅토르의 침대를 등지고 돌아앉았다. 난 벽난로가에 놓여 있는 안락의자에 푹 주저앉았다. 세베로가 우리 두 사람에게 먹다 남은 식은 커피를 따라 주었고 우리는 그곳이 사교 장소라도 되는 양 둘러앉아 커피를 마셨다. 우리는 조금 웃었다. 찻잔과 받침 접시가 손을 스치며 캐스터네츠를 두드리는 소리를 냈기 때문이다. 세베로와 라이오넬의 새빨갛게 충혈된 눈이 빛나고 있었다. 우리는 무슨 말을 어떻게 해야 할지 몰랐다. 계속 눈을 내리깔고 있어서 미안하다고 내가 사과를 하자, 항상 내 말이라면 무조건 시비부터 걸던 라이오넬이 이해하니까 괜찮다고 나를 안심시켰다. 세베로는 하품을 하며 적갈색 머리를 털다 말고, 내게 아쉴 라르고와의 사랑은 잘 진행되고 있느냐고 물었다. 아쉴을 떠올리는 데 시간이 좀 걸렸다.

"맙소사!"

나는 이마를 툭 치며 말했다.

"까맣게 잊고 있었네. 3일 전에 나보고 결혼하자고 말했었는데."

라이오넬이 몸을 앞으로 숙여 왔다.

"정말이야?"

세베로는 의자를 뒤로 물리며 말했다.

"정말 관대하기 그지없는 사람이군."

나는 그들에게 이야기의 전말을 소상하게 들려주었다. 그가 청혼을 한 장소는 18세기에 젊은 터키 황제 마문이 결혼 선물로 받은, 샘물이 흐르고 새들이 지저귀는 마라케시의 정원이었다. 종려나무가 바닥의 받침돌 사이를 비집고 나와 있는 수영장에서 긴 의자에 누워 사무실 문짝에 크게 허리 굽혀 절해야 했던 생활에 진저리를 치는 몇 명의

ENA(국립 행정 학교) 출신 고급 관리들, 여러 장관직을 두루 거치며 무딜 대로 무디어진 장관들, 정치 기사를 주로 다루는 신문사 사장 한둘, 오래도록 한결같은 젊음을 유지하고 있는 야성적인 여가수 한두 명, 아침부터 저녁까지 계속 진을 마시며 방귀만 뀌어 대는 유배된 왕족, 그들은 모두 파리에서 아쉴에게 중요한 사람들이다. 턱없이 비싼 비용에도 불구하고 그들은 그 정원이 아니면 달리 휴가처가 없는 사람들 같았다. 저 건너에 홀로 우뚝 선 아틀라스 산맥이라는 거대한 벽은 호텔 웨이터들이 이민자가 아니라는 사실을 말해 주고 있었다. 2월의 라마무니아에서는 낯선 타국에서 온 사람들을 찾아볼 수 없다. 아쉴은 '운동하는 수탉'이라는 문구가 새겨진 버찌색 트랙 수트를 쫙 빼입고 제법 씩씩하게 오렌지 나무 사이를 누비며 조깅했다. 난 조용히 그의 옆에서 보조를 맞추었다. 하지만 아쉴과는 무엇을 함께하든 5분을 넘기지 못했다. 뉴욕에선 제법 멋지다고 생각했던 청바지와 흰색 티셔츠가 그곳에선 영 어울리지 않았다. 갑자기 아쉴이 자리에 멈춰 서더니 날 바라보며 발을 구르기 시작했다. 어울리지 않는 내 옷차림새 때문이라고 생각했다. 그

육체노동자

는 잠이 덜 깬 눈으로 비틀거리며, 목덜미에 한바탕 소나기라도 맞은 사람처럼 고개를 숙이고 말했다.

"남은 여생을 노인네와 함께 보내는 것도 괜찮지 않을까?"

세베로와 라이오넬은 그의 겸손한 청혼에 굉장한 감동을 받은 모양이었다. 그들이 가타부타 별다른 말을 하지 않았기에 나의 수다는 계속되었다.

"여자들은 말예요, 순수한 우정의 윙크 한 번으로도 자신의 목적을 이루는 그런 남자와 결혼을 하죠. 아쉴은 이렇게 말하더군요. '당신은 왜 여자들에게 다리가 있는지 알아? 달팽이처럼 번들거리는 흔적을 남기지 않기 위해서야'라고."

어? 그 말을 듣고서야 그들은 반응을 보였다. 분명 그랬다. 빅토르의 침대 옆 협탁에 놓인 양초의 불꽃이 깜박거렸던 것이다. 양초가 흔들릴 정도로 라이오넬은 웃음을 참고 있었다. 세베로는 머리 위로 손을 올리고 빠드득 소리 나게 손가락을 꺾었다.

"별거 아니네. 아쉴 같은 작자하고 함께하는 인생은 영원한 휴식일 게 틀림없어."

천만에, 전혀 그렇지 않았다. 아쉴과의 생활은 군사훈련을 방불케 했다. 첫째, 그는 결코 혼자 있는 법이 없었다. 대책 없는 소녀나 마찬가지였다. 어디를 가든 난 깜짝쇼를 벌여 오가는 대화를 잠깐씩 중지시키곤 했다. 난 아쉴의 여자 친구들이 늘어놓는 길고 재미없는 이야기들을 평가하고 음미하고 분석했다. 그녀들은 아름답지만, 흔했고 노골적이었다. 뻔한 일이다. 그녀들은 불멸의 존재였다. 언제든 서로 뒤바꿀 수 있기 때문이다. 그래서 나는 독실한 카톨릭 신자인 양 만사가 덧없다는 표정으로 앉아 있었다.

아쉴의 능력 있고 충실한 비서 수지의 말에 따르면, 난 그의 삶 속에 존재하는 모퉁이다. 내 운명은 명함의 차원에 머물렀다. 그라친다가 아쉴 밑에서 기가 꺾여 자신의 조국 포르투갈로 돌아가던 날 말했다시피, 내가 '결정적으로' 존재하는 곳은 명함이었다. 아쉴 라르고 부부. 크리스틴은 사라지고 없었다. 내 처지는 이미 난처한 지경에 이르렀다. 아쉴과 교류하는 사교계 사람들은 멍청이들이 아니다. 그들은 너나없이 지구를 한 바퀴쯤은 돌아 본 사람들이다. 태평양과 중동을 연결하는 대규모 사업과 정치적이고 전략적인

육체노동자

영향력에 관한 얘기들을 주고받았다. 시스티나 성당을 가보지 않은 사람은 한 명도 없었다. 몰락한 왕족은 황금색 아라비아식 두건이 달린 긴 소매 옷을 입고 레지옹 도뇌르 훈장을 달고 다니는 늠름한 풍채의 알베르라는 사람과 교제를 시작했다. 아쉴은 알베르가 20년 동안 폴리 베르제르에서 누드 댄서로 일했다고 슬쩍 귀띔해 주었다. 그는 지금 문화 고문으로 일하고 있는데, 그곳이 어디인지 말할 권리는 내게 없다. 어쨌든 나는 알베르 그리고 전하와 얘기하는 데에 재미를 느꼈다. 그들의 가슴속 이야기를 통해 그들이 좌절한 경위를 알게 되는 것도 재미있는 일이었다. 하지만 그뿐이다. 더이상은 아니다. 아쉴의 주변 인물들은 내게 말을 걸기는 하지만, 모두 한결같이 그림자를 대하는 것처럼 무심한 태도들이었다. 내게 예의를 표할 때도 바보를 상대하듯 건성건성이었다. 날 아쉴의 배우자 취급했던 것이다. 그러자 수지가 말했다.

"크리스틴, 지금 당신이 아쉴을 돋보이게 하고 있어요."

멋진 미래를 위해! 처음엔 웃음으로 시작해 결국 탄식에 이른 청취자 세베로와 라이오넬을 증인으로 삼기로 했다. 로덴바흐 부부가 자리를 뜬 지 10분 정도 지나 있었다. 수지에 대해 좋은 감정을 가지고 있었기 때문에 난 두 사람에게 그녀 얘기를 했다. 만약 내가 경솔하게 아쉴과 결혼한다면 그건 순전히 그녀 탓이다. 가끔씩 일요일이면 수지와 아쉴, 앙드레와 나 이렇게 네 사람은 한 가족이 되었다. 일요일마다 앙드레는 식사 당번을 맡았다. 평소 너무 게으름을 부렸기 때문에 별도로 휴가를 챙길 수 없는 상황이었다. 수지의 스타일은 다양하다. 오랫동안 그녀를 호사스럽게 치장시켜 준 광택 있는 초록색 가죽옷이 하나 있는데, 그걸 입은 그녀의 모습은 마치 개구리 같다. 반면 작은 실타래 같은 금발, 유백색의 피부 화장, 집게로 뽑아 정돈한 눈썹, 행복했던 시절을 상징하는 듯한 산뜻한 장밋빛 화장기가 배어든 뺨과 입술을 보여 주기도 했다. 그녀에겐 편지 한 통보내지 않고 연락을 끊은 자신을 롤스로이스 차에 태우기 위해서라면, 평원 한가운데서 기차를 세울 수도 있을 만큼 영향력을 지닌 행정관과의 연애 경험이 있다. 그녀가 세월의 흐름과는 무관하게 미끌미끌한 초록색 옷을 고집하는 것도 그의 영향 때문이다. 샴페인도 모자도 다 그 남자의 영

육체노동자

향이다. 그는 유부남이었고, 그녀는 결혼하자고 울면서 그에게 매달렸다. 10년이 흐른 후에야 비로소 그녀는 그의 허락을 얻어 낼 수 있었다.

"그런데 성당 제단 앞에서 그 사람이 갑자기 쓰러졌어요. 정말 아무것도 생각할 수가 없었어요."

그녀는 그의 곁을 떠난 후 아쉴 옆에서 많은 일들을 해 왔다. 서류를 준비하고 중재를 위한 문장들을 작성하고, 아쉴이 저녁 만찬 때 교양 있게 보일 수 있도록 '인용 사전' 같은 데서 발췌문들을 뽑아 그에게 복습시켰다. 가끔 그녀는 라디오를 듣거나 한가한 시간에 TV를 시청하기도 하는데 5분을 넘기지 못했다. 그녀는 어떤 어조로 아쉴에게 말을 건네야 하는지 잘 알고 있었다. 손님 없이 넷이서 보내는 일요일에, 아쉴은 수지와 함께 큰 부엌 식탁에서 업무를 처리했다. 날씨가 꽤 더웠지만 추위를 타는 아쉴 때문에 보일러 온도를 최대한 높여야 했다. 더위 때문에 장밋빛 화장을 한 뺨이 달아오르고, 머릿속까지 축축이 젖어 들어도 그녀는 불만스러워하지 않았다. 그러는 동안 앙드레와 나는 부엌에서 창문을 열어 놓고「프랑스 수아르」지에 난 십자말풀이를 했다. 수지는 아쉴이 의자에 앉지 않고, 식탁 주위를 맴돌다 정리해 놓은 서류 더미 사이에 멍청히 서 있기라도 하면 괄괄하고 기분 좋은 목소리로 그에게 훈계하듯 말했다.

"담배나 피우러 가지 그러세요? 아무도 안 말릴 텐데."

수지의 솔직 담백한 성격은 날 안심시켰다. 행복을 기원하며 제사를 바치는 제사장의 모습을 아쉴의 얼굴에 부여해 주는 건 그녀였다. 아쉴에게 도움을 주기 위해 침대에서조차 아무런 사고가 없도록 차근차근 그의 행동을 반복 연습시켜 주는 모습은 마치 성스러운 의식을 치르는 것처럼 보이기까지 했다. 아쉴은 자신의 분수를 잘 아는 사람이다. 따라서 사람들에게 백 배로 보답을 해 줄 줄도 알았다. 두 눈을 꼭 감은 채 피곤에 지친 그의 몸은 명쾌하고 엄숙한 질서만 유지한다면 곧 누구라도 돌아다닐 수 있는 새로운 장소로 변모한다.

설계라도 한 듯 온갖 종류의 유행이 다 모여 있는 허세 가득한 그의 아파트에는 백연을 칠한 목재, 밀랍을 입힌 강철과 녹이 슨 강철, 할퀸 자국들이 무성한 알루미늄이 있는데 그런 것들조차 그의 아파트에선 또 다른 의미를 갖는다.

한번은 나폴레옹 3세 양식의 응접실에서 오래된 겨자색 유리컵으로 뜨거운 차를 마시다가 뾰족한 가슴을 가진 김 빠진 듯한 인상의 한 여자가 그려진 '반 돈젠'이라고 서명된 초상화를 본 적이 있는데, 그 그림 밑에 할머니가 앉아 있는 것 같아 깜짝 놀라기도 했다. 물론 아쉴이 시토 수도회원들이나 가지고 있을 법한 그런 영혼의 소유자는 아니다. 고품격의 포도주나 시가를 즐길 줄은 모르면서 요란스럽고 호사스러운 물건들을 잔뜩 쌓아 놓고는, 신문에 이름이 오르내리기만 하면 하찮은 벌레들에게까지 정신없이 아첨을 하는 사람이다. 그렇지만 그는 여리고 점잖은 남자다. 수지가 그의 몸 관리법을 말해 주면서 더불어 내게 귀띔해 준 정보들이다. 아쉴 역시 자신의 방법으로 내게 그런 얘기들을 해 주었다. 그는 세 사람이 충분히 목욕할 수 있을 정도 크기의 둥근 분수대 가장자리에 한쪽 발을 걸치고는(『플레이 보이』지에 자주 등장하는 자세다), 거울 장식이 된 욕실 벽면에 홀딱 벗은 자신의 몸을 비춰 보곤 했다. 한 손으로 배를 살짝 가리고 나머지 한쪽 손으로는 자기 상징물의 무게를 쟀다.

"멋지지 않아? 영원한 열네 살이지."

빅토르가 우리 얘기를 들었다면 웃음을 터뜨릴 게 뻔했다. 불투명하고 무표정한 라이오넬의 시선이 한곳에 가서 박혔다. 로덴바흐 부인을 발견한 것이다. 그녀는 조용히 층계참을 지나고 있었다. 작은 정원을 둘러싸고 있는 까만 철책을 아주 조심스럽게 열었을 것이다. 그렇지 않았다면 철책이 삐걱거리는 소리가 들렸을 테니까. 그녀는 계단을 밝히는 불도 켜지 않았다. 그리고 어둠에 잠긴 방문을 열었다. 진한 라벤더 향기가 느껴졌다. 그녀의 그림자가 우리를 덮쳤다. 양손을 꼭 모아 쥔 그녀의 팔이 뻣뻣했다. 악취 제거용 폭탄을 들고 비스듬히 거대한 몸짓으로 다가오는 그녀.

기억이란 아마도 빛바랜 추억들을 현실체로 엉기게 하는 능력이 있는 모양이다. 난 로덴바흐 부인을 다시 만났다. 라벤더 꽃다발을 들고 추억을 변화시키기 위해 우리 앞에 다시 나타난 온화하고 싹싹한 그녀. 그녀가 들고 온 라벤더 꽃은 너무나도 가치 있는 것이었다. 얼어 죽지 않게 겨울 내내 낡은 스웨터로 정성스레 감싸 보살피던 꽃을 그녀는 날 위해 정원에서 꺾어 왔다. 센강가에서는 찾아보기 힘든 꽃

육체노동자

이다.

　　로덴바흐 부부에겐 퐁투아즈를 향해 서 있는 오래된 성채 같은 농장이 하나 있다. 그곳에서 그녀는 회반죽을 만들고 이로 못을 고정시키며 살았다. 로덴바흐 씨는 그 농장에 거의 가지 않는 것 같았다. 어쩌다 가게 되어도 신문과 담배에만 골몰했다. 아니면 아예 아무것도 하지 않거나. 에밀리엔은 사람이 묵을 수 있게 세 개의 방을 정돈했다. 금이 간 칸막이는 깁스하듯 석고로 메우고 바닥의 회색 돌틈에는 시멘트를 부었다. 화장을 하지 않는 부인답게 거친 이음새 부분을 벽걸이 천이나 양탄자로 감추지도 않았다. 다 쓰러져 가던 건물의 거대한 몸체는 대충 그녀의 손길을 거치면서 장중한 멋을 갖춰 가기 시작했다. 그녀는 걸상 두 개를 충분히 놓을 수 있을 만큼 큰 아궁이, 납작한 돌덩이 가운데를 움푹 파서 만든 개수대, 까맣게 그을린 천장의 들보 사이를 오가며 그곳이 무슨 최신식 응접실이라도 되는 것처럼 손님을 접대했다. 하얀 식탁보 위에 놓인 찌그러진 은색 커피포트에 꽂혀 있는 라벤더꽃은 눈을 시원하게 하는 푸른 기쁨이었다. 손님들이 그녀를 감탄 어린 눈으로 칭찬할 때면 그녀는 이렇게 말했다.

"사람들을 기쁘게 하는 데 돈이 드는 건 아니잖아요. 빅토르가 친구들을 집에 데려오는 게 즐거울 뿐이죠."

아들을 향해 표현하지 못한 사랑과 자신의 행동에 대한 은근한 불만 사이에서 내 목이라도 끌어안고 싶었을 그녀의 심정을 이해할 수 있을 것 같았다. 빅토르의 모호한 도덕관념에 의혹을 품기까지 1년 이상의 시간이 소요되었다고 말하면 사람들은 날 비웃을 것이다. 우리 사이엔 문제를 엄폐해 주는 일종의 법칙 같은 게 있었다. 그가 깜짝 놀란 듯 기쁨이 가득한 부드럽고 까만 눈으로 바라볼 때면 가슴이 일렁이며 내 자신이 뿌듯함으로 들뜨는 걸 느꼈다. 빅토르가 사람의 겉모습을 얼마나 중요하게 생각하는지 잘 알고 있는 로덴바흐 부인으로서는 아들이 교제하는 사람들 중에서 내가 제법 흡족한 상대라고 생각했을 것이다. 무작정 『여자의 인생』이라는 잡지가 기획한 감동적인 사랑 이야기 공모에 글을 보냈던 나는 뜻하지 않게 당선이 되었다. 억지로 이야기를 꾸밀 필요 없이 '빨간색 재킷'이라는 글을 썼다. 할머니가 어지간히도 날 들볶아 댔었다.

"뭘 하면서 살 생각이냐? 종이 암탉이나 접으면서 살래?"

난 대학 입학 자격시험에 떨어졌다. 그것이 할머니와 나 사이를 어색하게 만들었다. 할머니는 그게 자기 탓이라고 생각했다. 누구나 그렇듯이 할머니는 그저 자신만을 책망했다. 할머니 때문에 시험에 떨어진 게 아니다. 하필이면 시험 치는 날 할머니에게 사고가 일어났다. 할머니는 그동안의 일들을 내게 사실대로 말할 수가 없었단다. 사고가 난 뒤에야 할머니는 입을 열었다. 겨울 내내 현기증에 시달렸다고 했다. 도로가 밑으로 꺼지며 두 다리가 후들거렸지만 할머니는 결코 그 사실을 받아들일 수 없었다. 할머니는 줄 타는 곡예사가 균형 봉으로 몸을 지탱하듯이 지팡이에 몸을 의지하며 넘어지지 않으려고 안간힘을 썼다. 여기서 멈추면 그것으로 끝이라는 생각이었다. 내가 학교에 가 있는 동안 할머니는 쇼핑을 했다. 내가 좀 더 신경을 썼어야 하는 건데.

언제부턴가 할머니는 종종 우유를 안 사 가지고 왔다. 그러고는 깜박 잊어버렸다고 우기셨다. 사실은 장바구니가 할머니에게 너무 무거웠던 건데 그걸 인정하고 싶지 않아 했다. 그리고 뭐든지 서두르는 버릇도 생겼다. 다섯 시쯤 집에 도착해 보면 이미 식탁에 음식 담을 그릇들을 차려 놓고 야채수프를 따뜻하게 데우고 계셨다. 저녁 식사가 끝나면 곧장 아침에 마실 찻잔을 식탁에 준비했다. 할머니는 자신의 미망인 연금과 주식 배당금에 관해 털어 놓았다. 그러면서 이 모든 게 나의 잘못 때문이기라도 한 것처럼, 붉으락푸르락 얼굴을 붉히며 신경질을 부리기도 했다.

"지금까지 넌 하나에서 열까지 보호만 받고 살아왔다. 어쨌든 이 아파트는 네가 갖게 될 거다. 너 이자라는 게 뭔지나 아니?"

난 할머니에게 차갑게 쏘아붙이지 않는다. 내 장점 중의 하나다.

6월 22일, 대학 입학 자격시험을 보던 날 아침 7시쯤, 할머니는 내게 줄 크루아상을 사러 나갔다. 그런데 시간이 한참 지나도록 돌아오질 않았다. 배가 고파 위에서 꼬르륵 소리가 날 지경이었다. 아무래도 안 되겠다 싶어 그냥 집을 나서는데 현관 매트 위에 할머니가 쓰러져 있었다. 제법 포근한 날씨였는데도 할머니는 떨고 있었다. 가방은 열려 있고, 열쇠는 층계참에 떨어져 있었다. 말려 올라간 치마 밑으로 드러난 할머니의 무릎엔 말괄량이 소녀의 무릎처럼 상처가 나 있었다. 당황스러워 정신이 없었지만 우리는 웃을 수밖에 없는 상황에선 언제나 웃을 줄 알았다.

"로즈, 정말 다행이에요. 스타킹은 멀쩡하네요."

난 할머니를 로즈라고 불렀다.

"계단을 헛디뎠구나. 널 기다리며 한숨 돌렸다."

할머니를 부축해 드릴 필요는 거의 없었다. 할머니는 혼자 힘으로 몸을 추슬렀다. 아파트가 텅 빈 듯 낯설게만 느껴졌다. 난 엉뚱하게도 텔레비전을 켜고 싶어졌다. TV 앞 안락의자에 할머니를 앉히고 무릎에 난 상처를 알코올로 소독했다. 할머니는 눈을 지그시 감고 의자 팔걸이에 얌전히 손을 올려놓은 채 몇 분간 안정을 취했다. 눈은 계속 감은 채로, 가슴에서 뭔가가 기분 나쁘게 계속 뚝딱거린다고 웃으며 말했다. 그렇다고 안달복달 수선을 떨고 싶지는 않다는 말도 덧붙였다. 텔레비전에서는 17퍼센트의 학생이 바칼로레아에 떨어질 것으로 예상한다고 말하고 있었다. 난 시험도 보지 못하고 이미 그 17퍼센트에 속하고 말았다.

좋은 점도 있었다. 그로부터 3주 후 난 빅토르가 내 얼굴을 돌로 내리치게 할 수도 있을 만큼 그와 아주 가까워져 있었다. 처음 들어 보는 상냥한 목소리로 그는 말했다.

"넌 날 몰라. 앞으로도 결코 알 수 없을 거야."

할머니는 그 사람과 함께 코르뒤레에서 7월을 보내도 좋다고 허락했다. 하지만 표정 뒤에 속마음을 숨기고 있었던 건 아닐까 생각해 본다. 할머니는 내가 '정의의 왕관'이라는 대가만으로도 충분히 수녀원에서 살 수 있는 그런 여자가 아니며, 또한 가정부처럼 살아갈 여자도 아니라는 걸 알고 있었다. 할머니는 안달했다. 왜 그 로덴바흐라는 남자는 나이 서른이 되도록 여태 결혼을 안 한 거니? 난 빅토르가 말해 준 그대로 할머니에게 옮겼다.

"사제처럼, 나이 많은 아주머니와 살아요."

할머니는 고결한 듯하지만 이상한 점도 없지 않다고 생각했다. 할머니 생각에 따르면, 일단 결혼을 한 사람은 자신을 더 채찍질해야 하며 그래야 모든 사람으로부터 좋은 평을 들을 수 있다. 할머니는 로덴바흐 부부와 친분을 쌓긴

육체노동자

했지만 직접 대면을 한 건 아니었다. 할머니가 기회를 만들지 않았다. 그걸 후회할 생각은 없다. 할머니에게 빅토르라는 이름은 품행 방정과 동의어였다. 할머니는 그가 밤이 아니면, 어둠이 아니면, 만질 줄도 키스할 줄도 모르는 사람이라는 걸 몰랐다. 표현도 할 줄 모르고 여자도 모르는 사람이라는 걸 몰랐다. 여자들이란 내면에 흐르는 검은 물일 뿐이다. 할머니와 난 미처 그 점을 생각하지 못했다.

할머니는 모닝커피를 마시며 애독 신문 『파리논단』에 실린 가십 기사들을 대충 훑었다. 그리고 제일 먼저 사교 모임 수첩을 뒤져 평소에 알고 지내던 지인 중 죽은 이들을 체크했다. 5시에 하는 라디오 클래식 음악 프로를 예전과 다름없이 즐겨 들었고, 애지중지하는 로덴바흐의 비평 기사를 한 줄 한 줄 음미하면서 가볍게 자신의 문화적 욕구를 충족시켰다.

할머니는 이것저것 닥치는 대로 많이 읽는 편이었다. 하지만 신간 서적은 거의 구입하지 않았다. 특히 빅토르가 신랄하게 비평한 책은 더더욱 그랬다.

"녀석, 짓궂기는!"

그 말은 할머니가 그에게 마음속으로 보내는 열렬한 찬사의 다른 표현이었다.

할머니는 빅토르가 신간 서적을 읽고 쓴 비평 기사를 즐겨 읽었다. 그리고 그 기사에 드러나는 그의 실망을 미리 확인하는 즐거움에 한껏 흡족해했다.

할머니는 우리 시대를 대표하는 훌륭한 사람으로 할아버지와 폴 부르제와 드골 장군밖에 모르는 분이다. 내가 『여자의 인생』지에서 기획한 중편소설 공모에 당선되었을 때, 할머니는 나보다도 훨씬 의기양양하며 기뻐했다. 할머니가 숭배하듯 아끼는 로덴바흐가 심사위원 중 하나이긴 했지만, 날 진정으로 사랑한다고 해서(할머니는 그렇게 믿고 있었다) 불의의 관용에 손들 사람은 아니었다. 그는 『파리논단』에 「빨간색 재킷」에 관한 짧은 소견을 실어 주었다. 독자의 이해를 돕기 위한 빅토르의 글은 이러했다.

그녀의 글에 조금 어설픈 감은 보이지만 그건 그녀가 압제 상황을 매혹적으로 묘사하다 보니 어쩔 수 없이 생긴 부분이다. 그녀의 글은 물에 젖어 다시는 매끈해질 수 없는

육체노동자

구겨진 종이와 같은 구조를 갖고 있다. 그녀의 글이 보여 주는 유일한 장점이라면 성급함으로 가득하다는 것이 아닐는지. 그녀는 삶이 무엇인지 직접적으로 묻지 않으면서도 그 문제를 누구보다 잘 이해하고 있는 사람이다.

할아버지와 할머니가 아르곤 숲에서 얼마나 서로를 사랑했는지에 관한 언급은 한 10페이지 정도 되었다. 빨간색 재킷은 두 사람의 열애의 상징이었다. 잠시 찾아든 평화, 공식 서약, 장롱 속에 보관된 제복, 쓰러져 가는 판잣집, 이런 것들 속에서 그들의 행복은 굳건해졌다. 하지만 저녁이면 젊은 두 남녀는 침대에 누워 하루하루 늙어 가는 자신을 슬퍼했으며, 서로를 여전히 사랑하고 있는지 어떤지 확인하고 또 확인했다. 끊임없이 진실을 향해 파고들었지만 아무것도 손에 쥘 수 없었다. 어느 날 방 앞에서 할아버지와 마주친 할머니는 무심하게 소리쳤다.

"아무려면 어때요?"

이게 이야기의 전부이다. 지금 그 부분을 다시 읽는다면 박장대소를 터뜨릴 것 같다. 내가 쓴 글이 붕붕거리며 소리를 낼수록 점점 더 흡족한 생각이 들었다.

"무너져 자취를 감춘 시간의 기둥이 벽을 뚫고 솟구쳐 올랐다. 그리고 스스로의 눈에도 보이지 않는 그 벽들은 꼼짝 않고 그 자리에 서 있었다. 두 육신이 단 하나의 추억 위로 몸을 웅크렸다."

난 코르뒤레에서 빅토르와 함께 여름 한 철을 보냈다. 그때 우리 사이엔 끔찍한 뭔가가 흘렀다. 나는 마르그리트 유르스나르가 아니라는 사실을 인정할 수밖에 없는, 적어도 침대에 누워 있을 땐 그랬다. 하지만 내 글이 신문에 실린 다음엔 사정이 좀 달라졌다. 할머니는 오히려 빅토르가 나를 엄격하게 다루는 것을 마음에 들어했다. 그런 빅토르의 태도에서 할머니는 오랫동안 변함없이 그의 비평을 지켜본 익명의 독자로서 어떤 보상받는 느낌이 들었던 모양이다. 할머니는 끝내 「빨간색 재킷」을 읽지 않았다.

"네가 지금의 나보다 더 나이 먹을 때까지 두고 보련다. 그때쯤이면 네 글을 존경하게 될지도 모르겠구나."

내 마음속의 회의를 할머니도 함께 나누고 있다는 걸 깨달았다. 내가 어느 날 갑자기 마르그리트 유르스나르가 될 가능성은 희박했다.

　『여자의 인생』지에서도 사정은 마찬가지였다. 잡지에 실린 「빨간색 재킷」은 가을의 유행과 관련된 일회적이고 관례적인 토론을 부추기는 재료가 되었다. 유행의 테마는 '아르곤의 젊은 병사'와 할머니의 첫사랑이 입었던 마스코트 같은 느낌의 의상. 상복 같은 블라우스를 걸친 쭈글쭈글한 경마 기수 같은 편집장이 나를 사무실로 불렀다. 금발의 농익은 느낌을 주는 여자였다. 그곳은 그녀의 천상적인 분노가 분출하는 성지 중에서도 으뜸으로 보였다. 빌딩 맨 꼭대기 층, 전면 유리를 통해 샹젤리제 거리가 보이는 사무실에 있자니 마치 하늘 한가운데에 떠 있는 것 같았다. 문 위에 달린 작은 빨간색 램프 불이 초록색으로 변하면서 나는 사무실 안으로 들어섰고, 그녀는 기다렸다는 듯이 눈을 감으며 두 팔을 벌렸다.

　"원하는 게 있으면 다 말해 보세요."

　그녀가 하는 말이 한 자 한 자 또박또박 들려왔고, 난 양탄자라도 쓸어안아야 할 판이었다.

　"아무것도 없어요."

그 말로 모든 게 결정 났다. 좋은 쪽이다. 내가 나서기만 하면 곧 충실한 친구들의 모임을 만들 수 있으며, 그녀도 그렇게 될 거라는 신호였으니까. 예상치도 않게 내 몸은 그 자체가 하나의 유행이 되었다―그녀는 최근 유행하는 신조어들을 써 가며 말을 하기 시작했다. 나로서는 자신감과 어색함이 교차하는 옷차림이었지만 볼 테면 보라지, 하는 마음으로 차리고 나온 버뮤다 스타일의 초록색 반바지와 빨간색 재킷, 하얀 샌들 게다가 구릿빛으로 탄 종아리까지, 그녀는 조목조목 언급하며 칭찬했다. 물론 내 소설이 당선된 것에 대한 언급도 잊지 않았다. 난 「빨간색 재킷」에 관한 이야기일 거라고 생각하고 내 쪽에서 뭔가 도와줄 게 있다면 성의를 다하겠다고 말했다. 그녀도 그래 주기를 바란다는 뜻을 재차 전해 왔다. 고집스럽게 느껴질 정도였다. 그녀는 말하면서 계속 반지 낀 손가락으로 탁자를 두드렸다. 자리에 앉아 남자처럼 목을 꼿꼿이 세우고 있었지만, 턱에서 허리까지 꽉 끼는 블라우스 아래에는 가슴이 봉긋 솟아올라 있었다. 그녀는 숙련된 글쟁이들을 지겨워했다. 세상 물정 모르는 순진한 펜잡이를 곁에 두고 싶어 했다.

육체노동자

"그럼 우리 잘해 봅시다!"

그녀가 밑도 끝도 없이 소리쳤다.

그녀는 나와 관련하여 거대한 계획을 세웠다. 흐름을 빨리 익히기 위해 난 처음부터 그녀 곁에서 일하게 되었다. 급료 문제는 아예 언급할 필요조차 없었다. 그 부분에 관한 한 아무 얘기도 오가지 않았던 것이다. 내겐 그 어떤 보상도 주어지지 않았다. 그러니 빅토르가 날 비웃는 것도 당연한 일이다. 난 덜 익은 풋과일만을 탐하는 야비한 편집장의 술책을 눈치채지 못한 유일한 바보였다. 빅토르는 내가 앞에 있을 땐 내 가치는 못 하나의 값어치만도 못하다고 툭하면 날 깔아뭉갰지만, 내가 없는 곳에선 그 못은 황금 못이라고 말했다.

그가 부모님이 살고 계신 시골로 날 초대했을 때 난 어떤 특별한 의미도 부여하지 않았다. 10월의 내 열여덟 번째 생일날, 우리는 빅토르의 부모님이 계시는 시골에 갔다. 난 인생이라는 게 대중가요와 비슷하다고 생각한다. 그 안에 푸른 하늘의 한 귀퉁이를 항상 품고 있는 인생. 현관 밑을 배회하며 수다를 떨고 담배를 피우는 연인들이 영원히 행복할 수 있었으면 좋겠다. 소설을 쓰고 큰 잡지사에 취직하는 모든 일이 너무나 손쉽게 이루어졌다. 고만고만한 삶을 사는 세상 사람들에겐 사랑이 주체하기 어려운 공포일지 모르겠다. 사람들은 사랑의 두려움을 없애는 건 사랑밖에 없다고 말하곤 한다. 난 아직도 나를 스쳐 지나간 애인들의 목록을 작성하지 못했다.

내가 빅토르의 인생 속으로 걸어 들어온 것을 축하하며 로덴바흐 부인이 꺾어 온 라벤더 꽃다발이, 10년이 지난 후에는 미심쩍은 감정들의 악취를 제거하기 위해 그가 주검으로 누워 있는 침대 머리맡에 던져질 탈취제가 되리라는 걸 미리 알았더라면 난 가지 않았을 것이다. 부모를 만나자 빅토르는 목을 가다듬으며 나를 소개했다.

"크리스틴이에요. 9월에 있었던 바칼로레아 시험에 응시하지 않고 『여자의 인생』이라는 잡지사에 들어갔어요. 발코니에서 떨어지면 이빨로라도 난간에 매달릴 그런 애예요."

"와 줘서 고마워요."

로덴바흐 부인은 영문을 몰라 어리둥절해했다.

그녀는 턱으로 나를 유심히 살폈다. 내가 어린 풋내기가 아니고 그녀 또한 어떤 환영에 희롱당하고 있는 게 아니라고 믿고 싶어 하는 눈치였다. 결국 난 그녀의 바람을 확인시켜 준 꼴이 되었다. 사실 그때 난 훌륭한 가문의 아가씨와는 거리가 먼 옷차림을 하고 있었다. 회색 플란넬 더블 재킷에 까만색 작업복 바지를 입고 까만색 단화를 신고 있었다. 짧게 자른 머리는 탈색을 해서 포마드로 착 빗어 넘겼다. 잡지 스타일리스트들은 일이 정말 많았다. 편집장은 팀원들을 독려해 주었다. 그녀는 손을 휘저으며 나에 대해 이렇게 말했다.

"남녀 모두의 성스러운 천사 아니겠어."

그녀의 이름은 자클린이다. 그녀는 내게 말했다.

"자크라고 부르는 사람들도 종종 있지."

그렇게 말할 때 그녀의 모습은 무척 슬퍼 보였다. 빅토르가 귀띔해 준 암시들도 아무 소용없었다.

내가 새로 만든 모습이었지만 나 스스로도 놀랄 수밖에 없었다. 할머니조차 날 알아보지 못할 정도였다. 하지만 난 한껏 무심하게 굴었다. 눈에 보이지 않는 방탄조끼가 날 지켜 주기라도 하는 것처럼 내 안에서 교만의 싹이 고개를 들었다. 난 항상 그랬다. 나만이 가지고 있는 유일한 이미지가 나를 안심시켜 주었다.

로덴바흐 부인의 의상은 머리끝에서 발끝까지가 초록 잔디로 꾸며진 윈저 성 같았다. 로덴바흐 씨는 내 목을 끌어안다시피 했다. 하지만 그건 그가 지닌 자유로운 성격 때문이다. 두 부자의 눈은 꼭 닮아 있었다. 다만 로덴바흐 씨의 눈은 주위가 어둡고 눈 밑 살이 처져 있는 반면, 빅토르의 눈에는 불량기가 다분하다는 차이만이 있을 뿐이었다. 로덴바흐 씨 역시 큰 코와 선명한 입매를 가지고 있었다. 그리고 숱 많은 머리가 왕관처럼 얼굴을 덮고 있었다. 흰 와이셔츠의 깃을 따라 은빛 쇠고리가 달린 까만색 끈 넥타이를 한 그는 아무리 늙은 모습이라고 해도 젊고 육감적인 빅토르와 너무나 닮았다. 탐욕스러워 보이는 치아까지도. 정말 유감스러울 뿐이었다.

로덴바흐 부인은 수수하기 그지없는 여자였다. 우리는 곧장 식탁으로 자리를 옮겼다. 그녀는 당당히 식탁 한가운데에 자리하고 있던 라벤더 꽃다발을 개수대로 가져가고,

육체노동자

대신 그 자리에 굴 요리가 담긴 접시를 놓았다. 네 사람 사이로 기대감 어린 산뜻한 침묵이 흘렀다. 아무도 코키유(조가비 모양의 그릇에 담아내는 요리) 즙을 마실 생각을 하지 않았다. 로덴바흐 부인은 여러 번 잔기침하면서 계속 소매 끝으로 코를 훔쳤다. 드디어 로덴바흐 씨가 분위기를 띄우기 위해 내게 장차 무엇을 하고 싶냐고 물었다. 그 질문은 그가 우리의 대화를 주의 깊게 듣고 있지 않았다는 말밖에 되지 않았다. 어찌 되었건 나는 그의 질문에 예의를 갖출 필요가 있었기에, 지금보다 침착해지고 싶다고 대답했다. 그는 백포도주를 단숨에 들이켜고 울부짖다시피 떠들고 쉰 목소리로 웃더니만 내가 더할 나위 없이 매력적인 여자라고 말했다. 하지만 내가 그의 취향이 아니라는 것쯤은 금방 눈치챌 수 있었다. 다행이라고 해야 할지, 날 매력적인 여자로 생각하는 남자는 거의 없던 형편이었다. 빅토르는 항상 조금은 지겨운 듯한 표정으로 말하곤 했다.

"넌 나에 비하면 너무 멋쟁이야. 그리고 너무 눈에 띄게 화려하고. 너랑 같이 있으면 상점에서 턱없이 비싼 값을 치르게 되거든."

'매력적'이라는 말은 얼굴을 붉히게 만든다. 그리고 내 육체적인 결함과 턱이 약간 앞으로 돌출된 얼굴을 환기시키면서 내면의 거울 앞으로 날 이끈다. 할머니는 그런 나를 '작고 귀여운 원숭이'라고 불렀다. 나이를 먹어 가면서 나는 내가 아무리 미인이라고 해도 현실은 여전히 고통스러운 것일 뿐이라는 생각을 하게 되었다. 사람들은 여전히 나를 많이 오해하고 있다. 내가 만난 남자들은 모두 매혹적인 여자만 만났다. 내가 전혀 매혹적이지 않아서 오히려 그들에게는 충격적이었던 모양이다.

로덴바흐 씨는 아무것도 개의치 않는 사람처럼 아주 친절하게 관심을 보여 주었다.

"그건 그렇고, 아가씨는 정말 빅토르를 사랑하오?"

"네, 그가 날 신경질 나게 할 때조차도 그래요."

"그렇다면 아가씨는 다 갖추고 있는 셈이오."

오늘 난 그에게 칼자루를 쥐어 줄 생각이었는데 그의 대답은 영 신통치 못했다. 옆에서 새앙쥐처럼 계속 잔기침을 하던 에밀리엔이 화덕에 올려놓은 넓적다리 고기를 뒤집기 위해 그 가는 어깨로 우리들 사이를 빠져나갔다. 빅토르와 그의 아버지는 호의적인 미소를 지었다. 로덴바흐 씨는 테이블 위에 두 팔꿈치를 올리고 냅킨으로 얼굴을 닦았다. 빅토르가 대담하게 살짝 웃어 주었다. 나는 하얀 식탁보와 대조적인 그의 까만 소맷부리를 보았다. 그의 얼굴은 쳐다보지 못했다. 그들의 웃음은 날 거부하고 있었고, 새로운 질문을 하나 한다 해도 그저 이전의 질문을 대신하는 정도였다.

"아 참! 너 뭐라고 했냐?"

로덴바흐 씨가 이렇게 물으면 빅토르의 대답은 또 이랬다.

"아니에요."

그들의 대화는 보통 그런 식이었다. 로덴바흐 씨의 얼굴이 냅킨 사이로 삐죽이 드러났다. 내려앉은 눈꺼풀 사이로 좀 더 많은 빛을 흡수하기 위해 눈썹을 치켜올렸다. 그리고 잔을 높이 들었다.

"여자들의 건강을 위하여!"

우리 네 사람이 꽤 많은 인원처럼 느껴졌다. 로덴바흐 씨는 아득한 추억 속으로 빠져들기 시작했다. 그는 비시vichy

에서 에밀리엔과 어떻게 결혼하게 되었는지와 테니스를 치다가 그녀가 그를 때렸던 일을 말해 주었다.

"어찌나 화가 나던지 나도 테니스 라켓으로 한 대 때렸지 뭐냐. 곧 코트에 무릎을 꿇고 용서를 구했지. 엄마는 청혼을 의식해서인지 내 사과를 받아들이더구나. 당신이 원한다면 뭐든지 하겠소, 하여튼 난 그랬다. 밖에서 밤을 지새우는 날이건 집에서 네 엄마를 만나는 날이건 어쨌든 괴롭기는 마찬가지더라. 그녀도 나 없이는 행복할 수 없다는 걸 알게 되었고, 지금은……."

점점 낮아지던 그의 목소리가 중얼중얼 투덜거리는 소리로 변해 갔다. 마치 자신을 향해 횡설수설하는 것처럼 보였다. 우리는 그의 모습에서 난봉꾼 생활의 끝을 장식하는 오랜 환멸에 대한 해명을 보는 것 같았다.

그날 그에게서 들은 얘기는 기억하고 싶지 않다. 그 이후로 난 말을 하기 전에 한 번 더 신중히 생각하게 되었다. 그리고 일단 말을 꺼낸 다음에는 그 효과가 제대로 발생할지, 현실성을 잃어버리지는 않을지, 그런 것들을 걱정하기 시작했다. 그는 말했었다.

육체노동자

"행복이란 질병 이상도 이하도 아니다. 질병들로 덮여 있는 게 세상이지. 그런데 인간들은 바로 그 세상 속에 존재한단 말야. 사람들은 좋건 싫건 간에 삶의 맞은편에서 질병의 냄새를 맡는 법을 배우지. 그 질병들은 전혀 깨끗하지 않지. 감염, 번식은 또 얼마나 쉽냐. 하지만 제일 중요한 것들은 언제나 사랑으로 끝난다. 행복이라는 질병은 신체의 각 부분을 차례로 휩쓸고 지나가며 결코 순종하는 법 없이 예측할 수 없는 부분을 침투하지만, 우리는 그걸 좋아하지 않을 수 없단다. 그것 없이는 더 이상 살아갈 힘을 얻지 못하지. 때로 그 질병은 젊고 강인한 육체 속에 숨어 오랫동안 숙면을 취하기도 하지만, 일단 잠이 깨면 어떠한 명령도, 어떠한 방어도 그것의 활동을 잠재울 수가 없게 된단다.

로덴바흐 씨의 긴 독백을 끝내 줄 사람은 에밀리엔밖에 없었다. 그런데 그녀는 분주히 움직이면서 넓적다리 고기의 가장자리 뼈를 흰 종이로 감싸는 데에만 열중했다. 오히려 남편의 수다가 계속되기를 은근히 바라는 눈치였다.

"그래서요, 루이 페르디낭, 의사가 뭐라고 그랬어요?"

의사들은 낡은 세상만큼이나 진부한 부패 속에 빠져 사는 인물들이다. 그들은 희곡 작품에 등장하는 생명의 은인 역할을 다하지 못하고, 인간이라는 종種의 이상적인 모델을 생산해 내는 공장의 직원 역할을 할 뿐이다. 그들은 복수 형태로 생각하기를 싫어한다. 한 무리의 사냥개를 이야기하기보다는 한 마리의 늑대를 이야기하고, 한 무더기의 뼈가 아닌 단 한 조각의 뼈에 대해서만 이야기한다. 그들은 인간 개개인이 아닌 소수의 인간을 대할 때에만 상냥하다. 한 인간의 기억이나 욕망은 그들에게 아무런 중요성을 갖지 못한다. 그들은 진화한 인간 본성이 불길한 징조들로 얼룩지지 않았다는 걸 확인하고 나서 그 사람 내면에 숨어 있는 불길한 징조들을 탐색한다. 의사들은 죽음에 미쳐 있는 사람들이다. 죽음을 위해 세심한 배려를 하고 죽음을 사랑스러운 태도로 대한다. 아침부터 저녁까지 죽음만을 생각한다. 의약품이나 결정적인 처방을 가지고 격려를 보내든, 멀찌감치 떨어져서 묵묵히 바라보든, 어쨌든 죽음을 향해 작은 신호들을 띄운다.

빅토르의 담당 의사는 엉터리였다. 난 그를 두 번밖에

보지 못했지만 어디서든 그를 알아볼 수 있다. 분명한 것은 그가 어깨 위에 십자가를 짊어지고 있으며 하느님 아버지는 그 위에 앉아 있다는 사실이다. 끔찍한 애기지만 그의 영향력을 무시할 수 없었다. 우리는 젊은 테스트 교수에게 억지로 끌려가다시피 했다. 이 한 마리도 찾아낼 수 없을 만큼 하얗게 바래 버린 빅토르의 머리카락, 움푹 꺼진 눈꺼풀, 양 끝이 팬 입술, 소매 끝에 죽은 듯이 축 늘어져 있는 손, 그 모든 게 테스트 교수의 손에 달려 있었다. 그는 현대적인 사람이다. 의료 기구를 슈트 케이스에 넣어 가지고 다니는 게 아니라, 롤러스케이트를 타는 사람처럼 낙하산용 천으로 만든 작은 배낭에 넣고 다녔다. 그는 인기 있는 말馬처럼 사람들의 주목을 한 몸에 받으며, 마비 경화증을 연구하는 단체의 우두머리로 활약하고 있었다. 하지만 매번 매서운 비평으로 자신을 독려하는데도 불구하고 실험은 별 진전을 보이지 않았다. 그가 알아낸 건 아무것도 없었다. 앞으로 나아가려고 하면 할수록 뒷걸음질만 칠 뿐이었다. 모든 걸 처음부터 다시 시작해야만 했다. 나도 그를 만났다. 빅토르와 세베로와 라이오넬 그리고 나는 트리니테 성당에서 개최한

심포지엄에 참여했는데, 그날 그가 나를 저녁 식사에 초대했다. 그도 심포지엄에 참석한 참이었다.

테스트 교수를 약국에서 찾아낸 건 라이오넬이었다. 테스트 교수는 인쇄기로 밀어서 찍어 내는 교구의 회보 일을 맡아 보고 있었다. 그 지면을 통해 의사와 죽어 가는 환자들이 질병에 관한 논쟁을 벌였다. 완쾌된 환자들은 자연히 지면에서 제외되어 아주 단편적인 이야기만을 할 수 있다. 건강한 사람들에게는 아프다는 것이 의사소통의 특성을 상실하는 것이며, 타인의 뜻에 어쩔 수 없이 압도당하는 것을 의미하기 때문이다. 다루기 쉬운 바이러스라는 게 있을까? 그런 건 모르겠다. 항생제로 깨끗이 치유되는 병이 있다면 그건 우화와 동일어일 것이다. 아니, 작게나마 예술의 손길이라도 가미될 수 있으니 우화보다 훨씬 낫다.

라퐁텐La Fontaine(프랑스 고전주의 시인이자 우화 작가)은 사는 내내 유행성 감기에 걸려 있지 않았을까? 그런 공허한 질문은 하고 싶지 않다. 다른 어떤 질문도 의미가 없다. 영감을 얻기가 너무나도 고통스럽기 때문에 어쩔 수 없이 멈추는 순간에 대해 잘 알고 있는 빅토르도, 에마뉘엘 테스트의 기사에서 얘기하는 여러 가지 징후들을 보며 다른 사람들과 마찬가지로 그에게 많은 호기심을 느꼈다. 그리고 작가들이 위를 혹사시켜 가며 사막에서 꽃을 가꾸듯 피워 올린 자신들의 언어와 가난과 경련을 이야기하듯이, 한 인간이 장황하게 늘어놓을 이야기를 생각하면서 들떠했다. 필요하다면 그런 사람 하나쯤 가까이에 두는 것도 나쁘지 않았다.

그때가 9월이었는데 빅토르는 아직 잘 걸어 다녔고 또박또박 분명하게 말도 했다. 최악의 상황은 아직 오지 않았고 그리 쉽게 찾아올 것 같지도 않았다. 라이오넬은 빅토르에게 조금이라도 도움이 될 만한 기회를 얻기 위해 사방으로 뛰어다녔는데, 성과가 있었다. 테스트 씨가 교수라는 게 밝혀지지 않도록 익명으로 그의 이름 이니셜만을 회보에 실었고, 덕분에 테스트 씨는 연구비가 바닥난 순간 병원보다 한발 앞서 지원을 받을 수 있었다. 우리들의 기쁨은 말로다 할 수 없었다. 라이오넬은 상대방을 압도하는 능력을 지닌 솔직한 사람이다. 그는 총구 앞에 선 암캐처럼 잔뜩 방어 태세를 갖춘 채 사람들의 눈을 향해 자신의 초록빛 눈을 들이대고 눈 한 번 끔벅이지 않는다. 그런 라이오넬에게 누가 감히 방아쇠를 당길 수 있겠는가. 나의 독살스러움이라고 해 봤자 그것은 환멸의 다른 이름일 뿐이다. 테스트 씨가 기사르드 거리에 있는 페르낭 씨의 식당에서 저녁 식사를 하자고 청할 때까지 난 그가 종교에 입문하지 않았을 뿐이지, 성인聖人과 다름없는 사람으로 알고 있었다. 다같이 빅토르의 집을 나설 때 그가 약간 다리를 휘청거리며 말했다.

"크리스틴, 날 혼자 내버려둘 생각은 아니지? 할 얘기가 있어."

이기적인 사람. 내 예상대로였다. 그는 식탁 의자에 앉아 일신상의 괴로움과 불완전함, 심각한 결점들에 대해 솔직하게 털어놓았고 결국 그 얘기들은 내 눈을 초롱초롱하게 만들었다. 하지만 그의 슬프고도 현학적인 말투와 짐짓 다정한 척하지만 잔혹한 태도에 대해선 말하고 싶지 않다.

진정한 작가들이 정신을 파고드는 많은 것들을 질서의 이름으로 잠재우기 위해, 어떤 준비들을 하는지 나는 모른다. 빅토르는 말했다. 훌륭한 소설가는 코드화된 허구 속에 칩거하여, 탐정처럼 냉철하고 교활하게 그 허구의 뒤를 좇으며 산다. 또한 성공한 소설이란 한가한 오후 시간을 채울 수 있는 드라마다. 거기엔 격렬하고 선정적인 에피소드들이 곁들여져야 하고 상세한 설명 등은 배제해야 한다. 그리고 횡설수설 이야기를 건너뛰지 말고 나처럼 시간을 뒤섞으면서 하루하루 사소한 일상들을 이야기해야 한다, 라고.

최근 몇 주 동안 빅토르는 우체부가 무더기로 배달해 준 책들에 눈길조차 주지 않았다. 그냥 포장을 푸는 게 끝이었다.

"다 부질없는 일이야……."

그는 몹시 침울해했다. 베개를 베고 소파에 죽은 듯이 누워 있는 그의 모습은 마치 누런 머리가 달린, 깨진 나무로 만든 작은 꼭두각시 같았다. 눈이라도 감는다면 차마 볼 수 없을 지경이었다. 나의 오랜 정열이 새로이 솟구치기라도 하듯 난 마음을 다잡으며 그에게 입을 맞추었고, 그가 모욕당한 사람처럼 움찔하는 모습을 보고서야 비로소 안심했다. 그 바람에 잠시 동안은 짜증으로 잔뜩 찌푸려진 그의 얼굴에서 최근에 생긴 주름들이 자취를 감췄다. 그가 중얼거리는 소리가 들렸다.

"글을 써. 넌 글을 써야 돼. 아주 엉망은 아니었어,「빨간색 재킷」 말야."

"그 말을 하는 데 10년은 걸릴 줄 알았는데."

굳어 버린 인두咽頭를 타고 서툰 발음으로 흘러나오는 그의 단어들을 알아듣기란 여간 어려운 일이 아니었다. 그가 살짝 웃었다.

"'i'를 쓸 때는 꼭 점을 찍도록 해."

무슨 말인지 도통 모르겠다. 글자 위에 점을 찍는 게 끔찍한 그 무엇을 은근히 암시하는 것이라면 몰라도. 그가 다시 언제나처럼 상냥하게 더듬더듬 말했다.

"내 무덤에 와 줄 거지?"

"아뇨."

"그럼, 글이나 쓰도록 해."

"쓰고 싶지 않아요."

"중요한 일이야. 다른 것도 중요하긴 하지만. 너에게 마르그리트 유르스나르가 되라고 요구하는 게 아니잖아. 그건 너도 잘 알 거다."

그 멋있는 마르그리트를 다시는 볼 수 없게 되었다.

"내 얘기를 써 봐."

빅토르는 목구멍에 작은 유리관이 들어가 있는 상태라서 더듬거릴 수밖에 없었다.

"내가 없더라도 내가 여전히 앞에 있는 것처럼, 그렇게 나에게 말하듯 글을 써 봐."

그는 숨을 쉬듯, 잘 알아들을 수 없게 중얼거렸다. 내가 잘못 알아들었는지도 모르겠다. 나는 두 손으로 귀를 틀어막고 소리쳤다.

"제발 그만해요!"

빅토르는 그것이 최선이라고 생각한 모양이었다. 그가 말했다.

"뭘 그만두라는 거지? 죽어 가는 일을 그만 멈추라고?"

그는 다시 빈정거리는 말투로 돌아갔고, 난 그런 그를 고약한 심술꾸러기 대하듯 했다. 그의 무릎 위에 머리를 기대자 묵직한 그의 손이 머리칼을 덮었다. 그 순간만은 그가 할 수 있는 최대한의 사랑을 내게 보내고 있었다. 고개를 들자 그가 날 바라보았다. 마치 시간이 뒷걸음질이라도 친 것처럼, 뜨거운 여름 코르뒤레에서의 첫날 밤 그가 날 바라보았던 바로 그 눈빛으로. 그때 난 그가 흰색 셔츠를 벗을 때 그 옷소매를 잡아당겨 주었다. 하지만 이제 더 이상 대나무 밭을 스칠 듯, 낮게 떠오른 그날의 그 뜨거운 달은 없으리라. 달빛으로 환한 그곳에서 우리의 그림자가 뒤엉키던 은밀한 복종의 시간도 다시는 오지 않으리라. 이젠 너무 늦어 버렸다. 마침내 풀이 뜨거워지고 대지가 열렸다. 하지만 오래가지 못했다. 난 그때의 일을 아무에게도 말하지 않았다. 빅토르가 혐오스럽다는 듯이 냉랭하게 날 밀쳐 내고는, 자신에게 벌을 주는 것인지 아니면 복수를 하는 것인지, 자신이 지금 뭘 하고 있는지 전혀 알지 못한 채 바닥을 기며 더듬더듬 돌을 찾던 그의 모습을 난 할머니에게조차 말하지 못했다. 그때 그가 갑자기 찢어지는 목소리로 고함을 쳤다.

"넌 날 몰라. 앞으로도 영원히 모를 거야."

나를 옥죄는 답답함은, 모든 걸 감당할 수 있다는 듯이 행동하는 나 자신에게서 비롯된다. 나는 아무 말 없이 입고 있던 흰색 원피스에서 잔가지와 흙을 털어 냈다. 그리고 슬며시 옷의 앞뒤를 바꿔 입으며 쳐다보지 말라고 빅토르에게 말했을 뿐이다. 그는 셔츠의 단추를 대충 채우고 풀밭에 떨어져 있던 차 열쇠를 찾았다. 우리는 나란히 차를 향해 걸

육체노동자

었다. 달이 갑자기 병색 짙은 열기를 내뿜는 것 같았다. 오솔길이 끝날 즈음 빅토르가 내 손을 낚아채듯 잡았다. 순수한 호의에서 나온 행동이었다. 그를 괴롭히고 싶지 않은 마음에 그냥 손을 맡긴 채 걸었다. 두 사람 모두 그 순간을 참고 견디었다.

그 후로 난 어느 누구에게도 사랑한다는 말을 하지 않았다. 사랑한다고 느낄 때조차 그랬다. '사랑'은 내게 금기의 단어가 되었고, 그것을 오직 빅토르만을 위해 남겨 두었다. 그는 내가 어떤 상황에서 '사랑한다'고 말하는지 너무나 잘 알고 있었다. 훗날 내가 그에게 '죽음'을 이야기했던 것처럼. 그에 대해 이러한 기억을 떠올릴 생각은 정녕 아니었다. 그럼에도 불구하고 우리의 대화 한 대목이 기억난다.

"내가 당신을 모른다고 우기면서 당신에 관한 글을 쓰기를 바라는군요."

"그래. 모든 건 거짓이니까. 난 그것에 만족해. 삶이 그렇듯 그것 역시 아무런 의미가 없어."

테스트 씨가 저녁 식사에 날 초대했다는 말을 들은 빅토르는 웃으며 내게 물었다. 실소를 자아낼 만한 질문이었다.

"그 녀석하고도?"

나는 펄쩍 뛰었다.

"그 환자하고? 말도 안 돼요."

의사에게 이보다 더한 극찬은 없을 것이다. 어쨌든 그가 트리니테 성당에 처음 나타나 자기소개를 하던 모습은 모든 면에서 그럴싸했다. 불법에서 일반법에 이르기까지 과장되게 자신의 고귀한 계획을 설명함으로써 우리에게 희망을 심어 주었다. 빅토르가 세상 모든 사람처럼 죽음을 거부하는 사람이었다면, 우리는 그가 한 말이 아무리 옳아도 형법전에 기록된 건 아니라며 비판적으로 생각했을 것이다.

슬픔이 가미된 수프에는 소금기가 약간만 들어가도 순례자의 원기를 북돋워 주는 법이다(대중들 사이에서 유행하는 새로운 속담이다). 테스트 씨는 긴장한 표정으로 붉은 스테인드글라스의 음산한 빛을 가르며 객실로 들어와 제의실 앞에서 손을 마주 잡았다. 그리고 침묵으로 인사를 대신했다. 드디어 그가 입을 열었다.

"전 병원을 운영하고 있습니다. 자선 행위는 물론 아닙니다."

전혀 안 듣고 있는 줄 알았던 빅토르가 눈까지 반짝이며 말했다.

"허튼소리가 장기는 아닐 테죠?"

폴 발레리를 빗댄 그 말이 재차 테스트 씨의 귀를 스쳤다. 어린 시절 필통을 처음 가진 바로 그 순간부터 귀담아들었어야 하는 말이었다. 라이오넬은 빅토르의 경솔함 앞에서 곤혹스러워했다. 빅토르의 병은 라이오넬에게 마약이나 다름없었다. 약 없이는 잠시도 지낼 수 없게 되었고, 위험한 마법의 검은 액체라도 되는 듯이 그 약을 먹고 마셨다. 그는 보물 하나를 가지고 있는데, 자신이 그 보물의 기운으로 성장했다고 생각했다. 가장 마음이 쓰이는 건 그게 모두 사실이라는 점이다. 라이오넬은 숨 한번 제대로 쉬지 못했다. 빅토르는 툭하면 라이오넬을 찾았고, 그러면 라이오넬은 숨소리가 먼저든 몸이 먼저든 열 일 제치고 빅토르에게 달려갔다.

테스트 씨에겐 소파에 앉기를 권하고, 우리는 그의 맞은편, 빅토르 옆에 임시 극장처럼 나란히 일렬로 앉았다. 테

스트 씨는 무척 젊어 보였다. 선원들이 입는 푸른색 점퍼를
걸친 몸은 아주 미끈했는데, 그가 신은 밤색 구두는 제대로
닦여 있지 않았다. 하기야 살아가면서 모든 걸 갖출 수는 없
겠지. 두 손을 모으고 무릎을 단정하게 붙이고 앉아 눈을 내
리깔고 있는 그의 양쪽 관자놀이에 수줍은 이슬이 맺혔다.
그는 조심스러운 목소리로 자신의 지식과 능력과 고달픈
선전 노력을 짧게 요약했다.

"대화를 하다 보면 모두들 이 권리를 투표에 부치고 싶
어 하는데 정작 행동으로 옮기는 사람은 몇 안 되는 실정입
니다. 저는 사람들의 죽음에 헌신하며 살아왔습니다……."

평안한 침묵이 이어지는 가운데 그는 십자가를 보며
용기를 냈다. 어깨를 세우고 턱을 들었다.

"질문 없습니까?"

그의 목소리에서 본능과 아량이 동시에 묻어났다.

그는 육체를 떨쳐 버리고 높이 올라 3천 명의 학생이
'거룩하다, 거룩하다, 의사 중의 의사 거룩하도다'를 외치며
예방 낙원을 칭찬하고 있는 계단 강의실을 날아다녔다.

"여러분의 질문을 기다립니다."

　　　　　육체노동자

빅토르는 단어 주변을 감도는 분위기에 마냥 젖어 들지 않는 사람이다. 돌연 찾아든 피곤 때문에 창백해진 얼굴로 그는 계속 빈정거렸다. 다듬지 않은 수염이 드리운 어두운 그늘이 눈에 거슬렸다.

"많은 걸 묻지는 않겠소. 간단히 네, 아니요로 답해 주시오."

그새 테스트 씨의 머리는 약간 헝클어져 있었다. 그는 모든 일이 다 잘 마무리되었다는 듯이 빅토르에게 한껏 여유로운 공모의 미소를 보냈다. 순식간에 공포스러운 분위기가 좌중을 사로잡았다. 눈먼 손 하나가 우리의 눈을 때리고 코와 입을 스치고 지나가 꼼짝 못 하게 우리의 가슴을 짓누르는 것 같았다. 빅토르가 분위기를 박차며 소리쳤다.

"나가세요, 모두들 나가세요. 자, 빨리요."

차례차례 문 쪽으로 걸어가던 우리는 뜻하지 않게 보고 말았다. 빅토르의 눈앞에서 강렬하게 반짝이는 베일을. 딱 한 번.

"울고 싶으면 마음껏 우세요. 충분히 이해합니다. 장갑을 넣어 두는 서랍에 휴지가 있을 거예요."

장의차 운전사가 말했다.

빅토르가 흐뭇해할 제안이었다. 이 순간 이후 내가 웃는다면 그건 모두 빅토르에게 바치는 애정 어린 인사가 될 것이다.

"지금은 아니지만, 어쨌든 고마워요."

그는 실망한 기색을 보였지만 포기하지 않았다.

"어떤 사람들은 정말 슬프게 흐느껴 울더군요."

"이 사람은 순전히 소문처럼 떠돌았던 불멸의 인간이에요."

괜찮아, 그냥 아무 말도 안 하면 돼. 아무튼 그는 계속 지껄였다.

"후회가 없다고 생각하는 사람들도 결국은 훌쩍훌쩍 코를 풀죠. 등 가까이 누워 있는 관이 그렇게 만드나 봐요. 제 말을 믿으세요. 고통은 너무 일찍 오거나 아니면 너무 늦게 오는 법이거든요. 이따금 정오 무렵쯤 뭐 좀 먹자고 하면 갑자기 얼굴빛이 창백해지는 사람들이 있어요. 속임수일 뿐이죠. 살기 위해 꼭 필요한 양 외에는 한 입도 더 먹지 않을 것처럼 말입니다. 난 지금 당장보다는 미래에 초점을 두고 애도를 표하는 편입니다. 내 얘기는, 사별한 사람의 목소리가 한두 시간 정도 들리지 않으면 다른 목소리가 곧 그 뒤를 잇게 마련이라는 거죠. 지금 내 목소리가 이렇게 끼어들었듯이. 그게 바로 인생이에요. 사람이라면 누구나 그곳을 통과할 수밖에 없습니다. 끝도 없고 빠져나갈 구멍도 없어요. 건강할 때 서로를 위로하며 살아야만 합니다."

"좋은 생각이세요. 그렇게 긍정적으로 생각하시는 걸 보니 참으로 선량한 분이라는 생각이 드네요. 장갑 넣어 두는 서랍에 담배도 있을까요? 잠깐 담배 한 대 피우고 갔으면 싶은데요."

"지금 농담하시는 겁니까?"

말은 그렇게 하면서도 그는 브레이크를 밟아 갓길 도로변에 차를 비켜 세웠다. 그리고 차에서 내려 어느 정도 품위를 갖춘 태도로 내 쪽 차 문을 열어 주었고, 내게 던힐 담배 한 갑을 내밀었다. 어둡게 흐려진 하늘과 맞닿은 낮은 언덕들 사이로 도로는 끝없이 이어지고 있었다. 알레지아가 역사적인 지역임을 알리는 게시판과 간이 휴게소 화장실로 사용하는 새로 지은 듯한 건물이 있었다.

우리는 트럭 한 대가 자기 몸체보다 큰 트레일러를 매달고 장갑함의 위엄을 풍기며 지나가는 걸 한참 동안 지켜보았다. 갑자기 자신만만한 생각이 들었다. 세상 그 어떤 죽음도 백 년 만에 내린 눈 때문에 하얗게 변해 버린 텅 빈 도로와는 어울리지 않을 것이다. 눈을 밟을 때마다 발밑에서 유리 가루가 버석거리는 소리가 들렸다. 한 움큼 눈을 쥐자 금세 손이 시려 왔다. 장의차 운전사가 모자를 벗자, 그러자 목덜미와 이마를 덮은 밝은 빛의 머리가 모습을 드러냈다. 장의사에서 일하는 일꾼의 머리 스타일 같지가 않았다. 장례식 제복 속에 껴입은 까만색 면 스웨터 사이로 넥타이 매듭이 살짝 보였다. 그리고 '독 마르탕' 가게에서 파는 것과 같은, 젊은 아가씨들과 젊은 취향을 선호하는 라이오넬 같은 사람이 좋아하는 사슴 가죽의 커다란 유선형 구두를 신고 있었다. 어색함을 애써 누르며 사방을 두리번거리던 그가 내 맞은편에 와서 섰다. 그의 손가락 사이에서 담배가 타들어 갔다. 난 담배 연기를 먹기라도 할 것처럼 깊이 빨아들였다. 그가 말했다.

"연기를 내뿜고 있자니 몸이 좀 따뜻해지네요."

육체노동자

난 그의 웃음을 보며 몸을 돌렸다. 그는 서둘러 가야만 쉘 다발롱 식당에서 점심을 먹을 수 있다고 말했다.

"이게 좀 전에 당신이 말한 한순간의 오열이었나요? 난 예정된 단계를 건너뛰는 걸 좋아해요. 갑시다. 식사는 도착해서 대접하죠."

그는 장례 절차를 주관하는 변덕스러운 손님 때문에 뱃가죽이 등에 가서 붙게 생겼지만 투덜거리지 않았다. 그저 자신의 마음을 조금 내비쳤을 뿐이었다.

"당신과 당신의 입장 모두를 충분히 이해합니다. 아주 재밌어요."

난 그의 말에 대꾸하기까지 1분 정도 뜸을 들였다.

"당신은 스스로를 까다로운 사람이라고 생각하세요? 아니면 괴팍한 사람? 그것도 아니면 분류하기 어려운 사람? 당신은 사람들이 제각각 모두 다르고, 타로 카드(한 벌이 78매인 이탈리아식 카드)의 그림패만큼 다양한 얼굴들을 가지고 있다고 생각하시나요?"

그를 좀 즐겁게 해 줄까 싶어 난 빅토르의 삶을 이야기하기 시작했다. 사람들은 누군가 자기 얘기를 들려주면 그 말을 고스란히 믿는다. 어쨌든 이건 추억을 물리치는 나만의 방법이며, 앞으로 내가 쓰게 될 소설을 미리 연습하는 셈이었다. 얘기를 하다 보니 빅토르에게 잘못이 있던 게 아니라는 생각이 들기 시작했다. 그에 관해 알고 있는 게 너무 적어 이야기를 부풀려야만 했다. 새로 시작하는 것이나 마찬가지였다. 난 빛을 반사하는 멋진 리무진의 볼록한 보닛과 부쩍 짧아진 햇살 아래, 흐려진 잿빛 백미러만을 뚫어져라 응시했다. 습관처럼, 많은 사람이 공유하는 생각 중 하나를 물었다.

"가끔씩 집을 나서면서 다시는 돌아가고 싶지 않다는 생각을 하고, 집으로 들어서면서는 두 번 다시 떠나고 싶지 않다는 생각을 하고, 그런 적 없으세요?"

"물론 있죠!"

그의 입은 얼굴 중에서 가장 근사한 부분이었다. 큼직한 입, 선이 뚜렷한 입술, 고른 치아, 급소를 찌르는 맑은 미소……. 장례식과는 전혀 어울리지 않았다. 지금 그에게는 불가피한 일자리였겠지만 말이다. 그는 힘차게 턱을 흔들며 동의한다는 뜻을 표했고, 난 주차 위반을 단속하는 경찰

보조원보다는 이 일이 훨씬 낫지 않냐고 그를 다독였다. 그는 내 관심을 끌었다는 사실이 영광스러운 모양이었다. 그리고 내 생각을 이해하려 무척 애쓰는 기색이었다. 난 그에게 말했다. 축제일이면 전혀 다른 새로운 사람으로 변신해 보라고, 그러면 시간은 (치마 걸친 여자들과의) 훨씬 다채로운 교우의 장場을 마련해 줄 거라고. 그의 말에 따르면, 길에서 아가씨를 따라가 본 적이 한 번 있었단다. 그녀의 행복한 표정이 바다를 항해하며 아름다운 별빛들을 모아 담는 것처럼 보였기 때문이다. 그는 느릿느릿 산책하기를 좋아했다. 『비디오 7』『아쉴 탈롱』『카이에 X』같은 학생 잡지를 겨드랑이에 끼고, FNAC에서 뤼므리로 이어지는 생제르맹 거리를 누비고 다녔다. 길가의 부동산 중개인들과 알리앙스 프랑세즈에 다니는 젊은 아가씨들 사이를 배회했다. 그녀들은 모두 언어를 배우고 싶어 했고 오렌지 주스를 좋아했다. 그는 여자들 중 한 명과 순식간에 사랑에 빠졌다. 그녀가 그의 말을 자세히 듣기 위해 몸을 기울여 오면, 긴 머리채를 걷어 그녀의 얼굴을 다 보고 싶은 마음이 굴뚝같았다. 독일 여자였는데, 이해할 수 없는 말을 하며 곧잘 웃었다.

"그녀는 스트라스부르에서 왔어요."

그는 나의 기대를 저버리지 않으려고 이야기의 방향을 바꿨다.

그는 그녀가 콜랭쿠르가에 있는 방 두 칸짜리 자기 집으로 선뜻 따라오겠다고 나섰을 때 그녀의 천진함에 당혹스러웠다고 했다.

"라마르크, 넘어지지 않도록 조심해요."

그가 말했다.

그는 분위기를 부드럽게 하려고 카세트테이프 하나를 골랐다. 매드니스의 「당신 너머 한 걸음 더」나 「갈매기 조나단 리빙스턴」이 아니라, 자기가 좋아하는 토키 호르바스의 「보헤미아의 열광」을 틀었다.

"바로 이겁니다."

그가 "바로 이겁니다."라고 말하는 바람에 그녀가 웃음을 터뜨렸다. 그녀의 머릿결처럼 선명한 금빛 웃음을. 그는 새해에 사랑을 이루게 되었다는 뿌듯함으로 손가락을 꺾으며 12월 31일에 냉장고에 넣어 두었던 샴페인 한 병을 꺼냈다. 사랑의 예감은 즉시 실현되었다. 그는 자신의 심정을 그녀에게 털어놓으며 사랑에 도전했다. 그녀는 조용히 두 팔로 가슴을 감싸안은 채 미동도 하지 않았다. 그는 그녀의 관자놀이와 이마와 눈 위에 가벼운 입맞춤을 했고, 그녀는 거부하지 않고 그저 가만히 있었다. 그는 그녀를 안은 채 이탈리아식 소파를 길게 펴고 그 위에 누웠다. 그녀는 그를 향해 고개를 돌렸고 다가오는 그의 입술을 피하지 않았다. 하지만 그의 팔에 안긴 그녀의 몸은 뻣뻣했다. 부드럽게 그녀의 얼굴과 목을 쓰다듬는 그의 손길에서 감탄이 묻어났다. 그는 흰색 티셔츠 속에서 작은 가슴이 쿵쾅쿵쾅 요동치는 걸 느끼며 그보다 더한 울림으로 말했다.

"아프게 하지 않을게, 절대로."

누구나 흔히 할 수 있는 얘기지만 그래도 정말 기분 잡치는 말이다. 갑자기 분위기가 어색해졌다. 장의차 운전사 제라르가 털어놓았다.

"그래요, 그런 멋진 날은 하루뿐이었어요. 단 하루. 곧 모든 걸 잊고 서로 욕을 하는 사이가 될 텐데…… 긴 다리를 가진 그 여자는 의기소침해졌고, 결국 다른 남자의 것이 되었답니다. 3년 전에 결혼했어요. 그때의 그 빛나던 얼굴로 약속한 꿈이 무슨 잘못과 어떤 실수로 파괴되었는지 생각해 봐야겠어요. 어쨌건 당신은 강인한 분이라 잘 판단하시리라 믿어요."

그가 점잖게 내 팔을 덮은 모피 소매 위에 손을 얹었다. 나는 갑자기 가슴이 철렁하여 차 문에 몸을 바싹 붙였다.

"손대지 마세요. 사람들은 함께 하는 존재이기도 하지만 서로 다른 별개의 존재이기도 하거든요."

그 순간 난 나에게도 빅토르만큼이나 남을 배려하지 못하는 구석이 있다는 걸 깨달았다. 난 그의 기분을 풀어 주려고 덧붙였다.

"당신도 알다시피, 만남이라는 건 말이에요. 디저트 같은 거잖아요. 특별한 변화 없이 뻔한 거."

그제야 영구차에 함께 탄 나의 동료는 생기 있는 미소를 회복했다.

빅토르를 위해 세우기로 한, 돌 비석이 아닌 일회용 종이 묘석이 서 있는 동안에는—이것이 그를 기쁘게 할 테고, 또 그러겠다고 약속했었다— 그에게 충실할 것이다. 다른 남자는 쳐다보지도 않을 것이다. 그가 늘 그랬듯이 신랄한 말투를 쓸 것이고, 비판적인 태도를 유지할 것이며 다른 사람들과 나 자신을 희생시켜서라도 웃음을 잃지 않을 것이다.

나 자신의 시선에 굴복당하지 않기 위해 거울을 보지 않을 것이다. 거울 속의 내 모습에서 바닥이 보이지 않는 전율과 환멸과 슬픔을 보는 게 두려웠다. 내가 그동안 연인들과 연주해 온 푸가 소품들은 늘 혼란스러웠다. 푸가 곡은 내가 통제할 수 없는 영역으로 넘어갔다. 그곳에서 나는 누구든 와서 내가 잠들 수 있게 손을 잡아 달라고 어둠 속에서 소리쳤다. 내가 빅토르에게 이런저런 애기들을 전부 했던 것은, 우스꽝스럽지만 어떤 위안을 얻기 위해서였다. 그 위안을 경멸했으면서도. 나는 사랑 없는 세상은 무의미하다고 주장하는 감정의 걸인들과는 무관한 존재이고 싶었다. 빅토르에게 내 성공에 대한 축하를 받고 싶었던 나는, 사람들 대부분이 누군가에게 버림받고 불성실하게 행동하고 뭔가를 포기할 때 생기는 기쁨을 모른 채 살아가고 있다고 소리 높여 외쳤다. 나는 키가 한 3미터쯤 되는 여자이고 싶었지만 부시가에서 볼 수 있는 중남미산 명주원숭이의 키를 넘지 못했다. 그 원숭이는 사슬 끝에 매인 채 박자도 제대로 맞지 않는 오르간 소리에 맞춰 춤을 춘다. 음악이 끝나면 모자를 벗어 구경꾼들 앞으로 내밀며 동전을 구걸해야 하는데, 그 원숭이는 매번 주인을 향해 모자를 내미는 실수를 저지른다. 내가 바로 그랬다.

테스트 씨는 내게 완전히 빠져들었다. 그는 스물일곱 번째 사람이다. 그 사람으로 인해 난 빅토르에게 스물일곱 번 넌더리를 냈다. 우리가 함께 잠을 잔 적은 없지만 그는 나의 많은 부분을 차지하고 있었다. 얼마 안 있으면 쓰러져 눕게 될 블랙홀의 *끄*트머리에 혼자 당당히 서기 위해서 빅토르가 우리를 내쫓았을 때, 우리는 땅을 딛고 서 있을 수 없을 만큼 어지러웠다. 우리들은 각자 앞으로 일어날 일의 무게를 혼자 감당해야 한다고 느꼈다. 빅토르를 포기해야 한다는 사실이 우리를 괴롭혔고, 그러고 나면 세베로와 라이오넬과 나만이 남겨진다는 현실이 두려웠다. 그래서인지 날씬하고 호리호리한 몸으로 점퍼 주머니에 양손을 넣은 채 주름 잡힌 작은 가방을 등에 메고 나타나 우리들 한 사람 한 사람을 뚫어지게 바라보던 테스트 씨의 호의적인 태도는 우리에게 깊은 인상을 남겼다. 신경의 미세한 떨림이 얼

육체노동자

굴 위로 번졌고, 두 눈은 자기에게 도움을 청하는 데 주저하지 말라고 침묵으로 간청하고 있었다. 그때 우리는 그가 빅토르를 서둘러 퇴장시킬 것인지, 아니면 며칠이든 몇 시간이든 그를 붙잡아 둘 것인지 묻지 않았다.

우리는 골목 끝 까만 철책 앞에서 잠시 우왕좌왕했다. 가로등이 라일락꽃을 환하게 비추고 있었고, 우리의 침묵은 거리를 휩쓰는 은밀한 소문이라도 경계하듯 한층 무거워졌다. 라이오넬이 빨간 목도리를 두르기에 곧 테스트 씨를 포옹하겠구나, 생각했다. 아니나 다를까, 그는 아무 말없이 테스트 씨의 어깨를 감싸안았다. 고맙다는 인사였다. 세베로와 나는 서로의 팔짱을 꼈다. 우리 둘은 나이로 보나 키로 보나 복장으로 보나 서로 잘 어울렸다. 그는 캐시미어로 짠 선원용 파란색 외투를 입고 있었고, 난 지하철 계단처럼 운모 조각 같은 것들이 촘촘히 박혀 있는 듯한 큼직한 방수용 코트를 입고 있었다. 세베로는 자신의 직장인 예술 관련 출판사로 내가 전화하는 걸 무척 좋아한다. "누구세요?" 하고 물어 오는 직장 사람에게 난 "여자 친구인데요, 사적인 전화예요."라고 대답한다. 그는 내가 자기의 평판을 지켜 주고 있다고 말했다. 세베로는 자신의 엉덩이와 그 앞의 돌출 부위를 버거워했다. 그는 그 두 가지 때문에 '중국 남자들이여, 부디 조심하십시오.'라고 쓰인 신호판이 세상에 나올까 봐 두려웠다. 일주일에 세 번, 그는 업무용 메르세데스를 사무실 앞에 밤늦게까지 세워 놓고 지하철을 타고 피갈가에 있는 사우나에 간다. 상황이 괜찮으면 젊은 중국 남자 한 명을 주울 수 있다. 그리고 센강가에 빌려 둔 학생용 자취방으로 그를 데려간다. 방에는 탈의실과 소꿉장난 도구 같은 물건들이 있다. 그의 손님은 당연히 어리고 갈 곳이 마땅치 않은 사람이어야 한다. 태어난 지 얼마 안 되었지만 돌봐 줄 사람이 하나도 없는 그런 어린애 같은 존재여야 한다. 그는 어린애를 위해 부모가 되어 주는 그런 생활의 변화를 꿈꾸며, 그 애를 목욕시키고 팬티를 입히고 목이 긴 흰 양말을 신기고 싶어한다. 또 그 방에는 굴렁쇠와 디저트들이 마련되어 있다. 어린애가 몸이 녹아 미소 지으면, 그것이 세베로에겐 불만이고 표출하지 못하는 질책이다. 그에겐 자신의 공포를 표현하기에 너무 무력한 메시지만이 남는다. 어쩔 수 없이 그는 출발의 순간, 즉 단절을 상상해야 하고 꼬마에

육체노동자

게 이렇게 묻는다.

"이별이 뭔지 알아? 저녁 시간을 혼자 보내고 마지못해 대충 넥타이를 풀고 책장이나 뒤적이는, 그런 게 뭔지 아냐구?"

어린 중국 남자들은 대답이 없다. 그들은 말이 없을 수밖에 없는 하늘의 아들이다. 그렇지 않으면 세베로가 탄식할 일이 뭐 있겠는가.

빅토르가 병들자 세베로는 내심 흔들리기 시작했다.

"센강변에 있는 그 방은 내 안에 자리한 하나의 국가였고 예감이었어. 타인과 함께 있을 때에야 비로소 그 방은 열기를 분출하지."

대신, 그는 빅토르를 보살피는 데 유모 같은 탁월한 솜씨를 발휘했다. 길고 건장한 팔로 빅토르를 안아 일으키고, 침대에서 수건이 깔려 있는 소파로 그를 옮기고, 그가 불평을 하면 이런 말로 그의 입을 다물게 했다.

"당신이 알지 모르겠지만 홀딱 벗은 당신의 몸은 내게 아주 좋은 구경거리야."

그는 거침없이 빅토르의 몸에 마사지를 하고 활석을

발랐다. 빅토르는 그가 중국 남자들을 대할 때 쓰는 '당신'이라는 호칭을 자신에게도 사용하고 있다는 걸 눈치채지 못했다. 그는 거추장스럽게 빅토르의 얼굴을 가리고 있는 머리카락을 입김으로 불어 넘겨 주었다. 빅토르의 안타까움보다 자신의 안타까움이 더 크다는 생각에 그의 얼굴이 벌게졌다.

"당신에게 유언을 남긴 건 바로 난데, 도대체 나는 뭐야?"

난 테스트 씨에게 이 모든 이야기를 다 했다. 아무도 입에 올리지 않는, 사소하지만 어둡고 끈끈한 우리의 비밀들을 그에게 다 털어놓다니. 입에 담는 순간 바로 통속적인 얘기밖에는 되지 못하는 우리의 비밀들을.

우리 네 사람은 골목에서 작별 인사를 나누었다. 세베로와 라이오넬과 나는 발뒤꿈치를 들고 살금살금 함께 걸었지만 정신적으로는 서로 멀어지고 있었다. 갑자기 테스트 씨가 날 불렀고 난 어리석게도 뒤를 돌아보았다. 그런데 그의 작고 쓸쓸한 옆 그림자는 통 움직이려 들지 않았고, 그래서 난 다시 발걸음을 떼었다. 그가 천천히 그리고 부드럽게 말을 꺼냈다.

"크리스틴, 크리스틴이라고 불러도 되죠?"

"'내 강아지'를 좋아하신다면, 그렇게 하세요."

그의 창백하고 얇은 입술이 보일 듯 말 듯 들썩였다.

"저, 당신이 안 됐어요. 당신은 용기 있는 분이에요. 훌륭해요."

나는 아무 말도 하지 않은 채 가만히 서 있었다. 거리를 휘감는 공기가 후텁지근하게 느껴졌다. 테스트가 조급하게 나를 대로변으로 이끌었다. 그의 어조는 애처롭기까지 했다.

"잠깐 같이 있어 주실 수 없겠어요? 혼자 있고 싶지 않아서. 당신과 하고 싶은 말도 있고요."

피곤이 그의 몸에 눌어붙었다. 잠이 오지 않는 오늘 같은 밤에는 온몸이 발가벗겨지고 고함과 탄식과 고통으로 갈가리 찢기는 느낌에 시달려야 했다. 그는 낮은 목소리로 빠르게 말하며 앞을 똑바로 쳐다보았다. 소녀들이 팔짱을 끼고 걸어가며 우리의 진로를 방해했다. 소녀들이 웃었고 우리는 서로 떨어졌다. 테스트는 나를 한쪽 팔로 보호하듯 끌어당겨 택시가 줄지어 늘어선 차도로 밀었다. 차에 깔려 으스러질지도 모른다는 불안이나 그것에 대한 비난은 염두에 두지 않았다. 그의 간청이 계속되었다.

"당신을 모시고 싶은데, 저녁 식사를 같이하면 어떻겠어요? 빅토르 얘기도 들려주시고. 진정으로 그에게 감탄하고 있어요. 그가 원하는 걸 줄 자신은 없지만, 그래도 해 볼 생각입니다. 그가 날 필요로 한다면 말이에요."

빅토르의 건강 문제가 거론되는 순간 나는 펄쩍 뛰었다.

"당신이 안 된다면 다른 사람을 찾을 거예요."

그가 걸음을 멈췄다. 그리고 내 눈가에 섬세한 손가락을 얹고, 덩굴손이 가지를 뻗듯 자신의 색깔 없는 작은 눈을 내 눈 깊숙이 뻗었다. 그가 하는 얘기 역시 라이오넬처럼 지루하기 그지없었다.

"조만간 빅토르가 당신을 받아들였듯이 누군가 당신을 받아들이게 되겠죠. 어쨌든 빅토르와 당신의 관계에는 한계가 있어요. 당신의 육체를 배제시키다니. 그건, 그건 정말 몹쓸 짓이오."

내겐 더 이상 대답할 목소리만 없는 게 아니라 서 있을 힘도 없었다. 난 그를 따라 기사르드 거리의 페르낭 식당에 들어가, 다진 고기를 넣은 토마토 요리와 식탁보 위에서 일렁이는 두 사람을 위한 촛불, 그리고 쇠 부지깽이 같은 소리를 내는 탱고 음악에 마음껏 젖어 들었다. 긴 테이블에 모여 앉아 식사를 하는 젊은이들 가운데 엉덩이가 다 드러날 정도로 짧은 까만색 치마를 입은 예쁜 아가씨가 하나 있었는데, 내 새로운 파트너는 그녀를 곁눈질하며 감탄사를 연발했다.

테스트에게 썩 좋은 기억은 아니지만 이탈리아와 얽힌 추억들이 있었다. 그도 해변에 누워 살갗을 태울 수 있었다. 하지만 우아한 흰색 리넨 셔츠와 노란색과 파란색이 뒤섞인 나비넥타이를 벗어던지진 않았다. 그는 태양과 여자를 멀리하는 법을 알고 있었다. 욕망을 자극하는 여인이 새롭게 나타나더라도, 이전의 무수한 여자들의 뒤를 잇는 한 명에 불과했다. 지키지 않아도 되는 약속 같은 것이었다. 그는 욕망에는 우선권을 부여했지만 쾌락은 경멸했다. 왜냐하면 쾌락의 시간 속에서 삶은 흔들리는 비극적 얼굴을 드러내게 마련이고, 그렇게 쾌락에 젖다 보면 그저 병원 생활에 안

주하게 되기 때문이다.

어린 시절의 기억도 가지고 있었다. 참혹한 기억이다. 좋은 가문 출신인 그의 어머니는 금발의 젊은 시절 모습을 그대로 간직하고 있었다. 대기의 숨결이 조금만 살랑거려도 그녀의 다리는 드레스 밑에서 춤을 추었다. 누군가 그녀의 입에 키스해 주기만을 기다리는 모습이었다. 다섯 살 때였던가. 그는 조심스럽게 어머니에게 물었다.

"엄마는 아빠를 사랑하세요?"

그의 어머니는 발로 바닥을 찼다.

"엄마는 그런 것들이 다 무서워. 무슨 말인지 알겠니? 엄마는 그런 것들이 존재한다는 사실 자체가 싫다."

얼마 후 가족은 마를리 숲으로 소풍을 갔다. 가는 도중에 부모가 말다툼을 벌였다. 어머니가 울면서 차 밖으로 뛰어내리겠다고 위협했다. 극도의 괴로움으로 제정신이 아니었던 어린 테스트는 울부짖기 시작했다.

"엄마, 뛰어내리세요. 뛰어내리라고요."

그는 따귀를 한 대 맞았고, 세상은 슬픈 것이라는 걸 깨달았다. 그는 자기 정체성에 입은 상처를 치유하기 위해

육체노동자

여덟 살 때부터 자기 분석에 매달렸다. 현재 그의 어머니는 임신 중이다. 힘겹게, 아주 힘겹게, 몹시 지친 모습으로, 그는 진찰하듯 돼지의 발을 포크로 찍었다. 그를 위로해 주고 싶어졌다.

"어머니 뱃속에는 아기가 있지만 대신 당신 배 속에는 위가 있잖아요."

분위기를 바꾸기에 충분한 말이었다. 아직 쓸 만한데! 전문가다운 괜찮은 위로의 말이었어. 그는 고통으로 일그러진 긴 얼굴을 들어 천장을 보았고, 애원하는 입으로 기도 같은 말들을 지루하게 늘어놓았다.

"일찍 헤어질 건 아니죠? 또 만날 수 있죠? 당신에게 입을 맞춰도 될까요? 빅토르에 대해 얘기해 봐요. 그가 날 꼬마 취급하는 이유가 뭔지 말 좀 해 줘요."

금귀걸이를 하고 아를 사람처럼 분장한 웨이터가 다가와 무턱대고 우리의 술잔에 루비색 독한 술을 한가득 따랐다. 테스트 씨는 물을 마시듯 그렇게 술을 마셨다. 바닥에 술이 1센티미터 정도밖에는 남지 않았다. 술기운이 그의 기분을 바꿔 놓았다.

"라이오넬은 멋진 친구예요. 정말 멋져요."

그가 진지하게 말했다.

나는 석쇠에 구운 젤라틴을 깨작거렸다.

"글쎄요. 그럴 수도 있겠죠."

그 한마디로 나는 너무 많은 말을 했다. 속마음을 들킬 만한 대답은 아니었지만 난 당황했다. 그러나 테스트 씨가 자신의 갖가지 무능과 겪어 온 고난과 시련을 들려줌으로써 나의 경계심은 곧 누그러졌다. 죽음의 세례를 통해서라도 환자를 회복시켜 보려는 그의 투쟁, 사회가 하얗고 초라한 침대 시트 위로 내팽개친 불구자들. 그때까지는 그의 이야기를 주의 깊게 들었다. 그런데 한순간 그가 기계적인 신앙심으로 환자들에게 죽음을 분배하듯이 산 사람에게도 위험한 존재일지 모른다는 생각이 스쳤다. 그가 얼굴을 붉히며 내 손을 잡았다.

"이대로 잠시 있어도 괜찮겠죠? 당신을 소유할 수 있었다니, 빅토르는 운 좋은 사람이군요. 당신은 그에게 소중한 존재였어요."

내 머리 위로 크리스마스트리가 쓰러졌다. 다른 테이

블의 손님들, 눈길을 끌던 까만 옷의 아가씨, 다들 구석으로 물러나 피자가 타고 있는 레인지를 무섭게 노려보았다. 후끈 달아오른 열기로 노랗게 된 작은 식당 홀이 점점 파랗게 변해 갔다. 테스트는 절망적인 상황에 종지부를 찍는 능력이 탁월한 실력자로 돌변했다.

"빅토르와 결혼하지 않은 걸 후회하십니까?"

심장이 자주 멈춰 본 사람처럼 그는 꿋꿋했다. 나는 고개를 저었다. 그가 아무것도 묻지 않겠다고 약속하면 비밀 하나를 털어놓겠다고 말했다. 특히 성적인 것과 관련된 질문을 하지 않겠다고 약속하면. 타인의 일부가 될 수 있는 이 방법은 얼마나 혐오스러운 것인가.

내가 그의 얼굴에 냅킨을 던지지 않았다는 사실도 놀랍고, 영국제 가짜 크림으로 반죽한 옥수수 가루 위에 걸쭉한 눈물 같은 초콜릿을 씌운 초콜릿 무스를 기다리는 사람의 심정으로 그의 비밀 이야기를 기다렸다는 사실도 놀랍다.

빅토르의 이름은 언제나 내게 작은 은빛 방울이 부딪치는 소리와 같다. 그의 이름은 내 이성을 흐려 놓는다. 그는 나에게 기쁨을 주고, 할머니를 생각나게 한다. 그리고 첫 영성체 때 내가 입은 하얀색 드레스를 생각나게 하고, 그 모슬린 천의 작은 주름들을 예쁘게 자리 잡아 주려고 내 앞에 무릎을 꿇고 앉은 할머니의 미소를 생각나게 한다.

"나중에 넌 눈부시도록 아름답고 사랑스러운 신부가 될 게다."

난 그가 내뱉는, 나로서는 도대체 뜻을 알 수 없는 단어들을 들으며 테스트에게 존경과 경탄의 마음을 가졌다. 목구멍에 걸려 넘어가지 못하고 있는 나의 이야기 조각들도 말할 수 있다면 좋을 텐데. 내 머릿속은 내가 저지른 천박한 죄들로 가득했다. 테스트는 고통스러워하며 내면 깊은 곳으로 내려갔다. 그가 접시를 밀어내고 양 손바닥에 얼굴을 묻었다. 빅토르와 함께 있던 나를 처음 본 순간부터 고백하고 싶었다고 말하면서도, 막상 비밀을 털어놓자니 쉽지가 않은 모양이었다. 나를 만나기 전, 라이오넬과 대화하면서 나에 대해 처음 들었던 바로 그 순간부터 내게 비밀을 털어놓고 싶었다고 했다.

"당신, 실망할 거요. 나 역시 빅토르와 마찬가지로 당신의 육체를 탐할 생각은 없거든요. (내가 비쩍 마른 몸이라서?

내가 당신에게 추파를 던진다면 어쩔 건데?) 빅토르처럼 나도 여자와 사랑을 하는 데는 큰 문제가 있는 사람이오. 내게는 여자이자 어머니인 그런 사람이 필요해요. 특별한 이유가 있는 건 아니고, 그냥 '나만의 두 젖가슴'이 되어 줄 거라는 확신이 서질 않는다는 거죠. (그는 젖가슴이라는 단어를 철자 하나하나 발음했다. 천박한 사람 같으니) 난 존재라든가 젖가슴 같은 그런 단어에 굉장히 집착하는 편이오. 빅토르와는 대조적이라고 할 수 있죠. 그는 자신이 타락해야만 사랑을 할 수 있다고 믿기 때문에 타락하지 않기 위해 여자를 멀리하는 경우거든요.

테스트는 그 욕망을 잘 이해하고 있었다.

"똥 가방을 끌어안고, 상대방이 가진 귀한 것을 모욕하고. 그 멋진 라이오넬을 종 다루듯 학대하는 모습이라니……".

그 마지막 말은 내게 방향제 구실을 했다. 비록 그 방향제가 똥 냄새를 풍기고, 그가 주장하는 만큼 라이오넬이 그리 멋진 친구가 아니며 또 빅토르에게 혹사당하고 있는 게 아니라 해도, 어쨌든 내게는 방향제 구실을 톡톡히 했다.

테스트는 타고난 지식의 부스러기를 조금이라도 더 퍼

올리려는 듯 계속 양손으로 얼굴 위에 그늘을 만들며 말을 이어 나갔다.

"당신은 빅토르가 어느 누구도 기다리지 않는 바로 그 장소에서 그를 찾아 헤맸던 거요. 용감하게도 당신은 타인을 전혀 거부하지 않는 그런 시선을 지녔더군요. 내가 당신을 멋진 사람이라고 생각한 것도 바로 그 점 때문이고, 당신의 에너지도 바로 거기서 만들어지지요. 하지만 빅토르는 누군가가 자신의 손을 붙잡아 인도해 주기만을 기다리는 사람이었어요. 당신은 알 수 없었겠죠. 지금 빅토르는 죽음을 눈앞에 두고 피곤해하고 있어요."

그는 계속해서 살과 가시로 된 이야기 보따리를 풀었다. 1그램의 살과 1톤의 가시. 그러는 동안 그는 눈 한번 떼지 않고 자신의 내면 깊숙이 빠져들었다. 그의 목소리에 기운이 없어졌다.

"죽음이 점점 더 고통스럽게 다가와요. 모든 사람이 그렇듯 나 역시 병든 몸이 될 게 두렵거든요. 사람들이 죽음을 두려워하듯 나도 그래요. 아니, 난 마법사가 아니에요. 내 손으로 잠재웠던 사람들이 머릿속을 떠나지 않아요. 모두

육체노동자

내 앞에 있어요. 내가 무슨 권리로? 정직할 권리? 진실할 권리? 절망의 고통에 종지부를 찍으려는 나는 대체 누구죠?"

나는 대답하지 못했다. 가슴속에서 작은 가시 공을 철조망 두루마리로 바꾸느라 정신없었다. 시간이 좀 지나, 할머니 침대 깊숙이 베개를 베고 누워야 어떤 결정을 내릴 수 있을 것 같았다. 가끔 나는 할머니의 샤넬 향수를 베갯잇에 한 방울 떨구곤 했다. 그리고 할머니가 멀리 계시는 게 아니라고 스스로에게 중얼거렸다. 테스트는 나의 여성적인 매력에 대해 어떤 의사도 분명히 표현하지 않았다.

"마비 증후군으로 삶 앞에서 무력하게 쓰러지는 나무꾼, 노동자 들을 봤어요. 빅토르 같은 이지적인 사람도 굴복할 수밖에 없을 거요. 악화될 상황만이 남아 있을 뿐이죠."

"나는 어때요?"

내 입안에 초콜릿이 가득했다.

테스트는 내게 말을 시키기 위해 입안의 숟가락을 빼앗았다. 그는 세베로에 관한 이야기에 앞서, 라이오넬과 라이오넬이 즐겨 부르는 「오직 당신뿐」에 대해 듣고 싶어 했다. 테스트는 무척 기뻐했다. '오직 당신뿐'이라니, 이 얼마나 기막힌 신호인가.

내가 라이오넬을 알게 된 건 오래전 베로니카의 집에서였다. 그녀는 나의 행복을 위해 오래전부터 애써 온 친구라고 할 수 있다. 내가 베로니카를 처음 만난 건 빅토르 뒤리 고등학교 1학년 때였다. 그녀가 보조금을 받고 있었다는 걸 우리는 알지 못했다. 어쨌건 그녀의 몸은 더 이상 어린아이라고 말할 수 없을 만큼 성숙했고, 이미 그 몸을 다른 사람과 공유하고 있었다. 여전히 발목까지 오는 짧은 양말을 신고 다니던 순진한 우리들에 비해 그녀는 수업 시간 내내 수업은 등한시하고 화장을 했다. 우리는 금단의 열매를 얻기 위해 투쟁하는 투사처럼 그녀를 숭배했다. '바보처럼 이게 뭐야?'라고 우리들에 대한 호기심의 기미라도 보였더라면, 그녀를 우리의 조련사로 추대했을지도 모르겠다. 어느 날 그녀가 날 초대했다.

"네 주소는 없어지지 않았더라. 어때, 올래?"

바칼로레아에 응시할 기회를 놓치고, 아직 「빨간색 재킷」이라는 글을 쓸 생각은 하지 않았을 때였다. 6월에 할머니는 다친 다리를 빨리 회복하기 위해 바놀드로른에 갔다. 할머니는 말을 다루는 법, 마차를 모는 법을 배울 수 있는 이용권을 구입했다. 만약 미지근한 물이 레몬 주스 같은 맛과 농도를 가지고 있다면 사람들은 그걸 마시는 대신 그 물이 보글거리는 낮은 수영장을 거닐고 싶어 할 거다. 마찬가지 이치로, 할머니는 말을 거칠게 몰며 앙덴 숲을 가로지를 생각이 없었다. 그저 그 숲에서 소매 없는 망토를 걸치고 회색 실크 모자를 쓴 전통적인 마부의 모습으로 제2제정기 때의 우편 마차를 몰고 싶었던 것이다. 할머니는 날 데려가지 않았다. 겹겹이 쌓인 내 사생활의 핵심을 건드리지 않겠다는 의도도 있었을 테고, 인생이란 이별의 연속이 아니겠냐는 뜻도 있었을 것이다. 우리는 서로 떨어져 지내는 법을 배우고, 상대방 없이도 웃을 수 있는 방법을 터득할 필요가 있었다. 말썽 부리는 시간도 중요하다. 베로니카에게 초대를 받은 후 허락을 얻고자 할머니에게 전화를 걸었을 때, 할머니는 내게 이렇게 충고했다.

"말썽 부릴 시간이 있으면 타인의 관심을 끌 만한 뭔가를 찾아보도록 해라. 미치게 말하고 싶은 그 뭔가를."

나에게 그 타인은 빅토르였다.

오렌지색 조명을 비추는 연회장의 넓고 매끄러운 마루 위에서 사람들이 아프리카계 미국인들처럼 광란적인 몸짓으로 춤을 추고 있었다. 까만색 기모노를 입고, 작고 까만 쪽머리를 하고, 매혹적인 가느다란 눈을 가진 한 여자가 깍듯하게 허리 굽혀 인사하며 사람들 사이를 종종걸음으로 누비고 다녔다. 그녀가 화려한 쟁반에 받쳐 든 럼콕을 우리에게 내밀었다. 중국식 램프가 빨간색, 노란색, 초록색의 얇은 비단들로 덮여 있었다. 사람들 사이를 누비고 다니던 그 여자는 어느덧 사라지고 보이지 않았다. 베로니카가 음악을 틀기 위해 남아 있던 불빛들을 마저 껐다. 「오직 당신뿐」이었다. 어둠 속에서 우리는 대단한 요부라도 된 듯한 착각에 빠져들었고, 우리의 플리츠스커트는 환상의 방앗간 날개 위로 던져졌다. 일종의 마취 상태에서, 입맞춤이 절로 나오는 자장가 속으로 빠져들었다. 사람들의 손이 서로 스쳤다. 어느새 나는 라이오넬의 손에 잡혀 있었다. 다른 사람들보다 최소한 스무 살은 더 먹어 보였기 때문에 나는 안도했다. 그는 고집스럽고 적대적인 침묵을 지키고 있었다. 앞으로 대단한 일이 터질 거라는 상상을 하느라 골몰해 있던 게 분명했다. 난 얼마 전에 알게 된 빅토르를 생각하고 있었다. 그에게는 이런 상황이 어떤 모습으로 비칠지 궁금했다. 지금 이 상황 뒤에 무엇이 도사리고 있으며 정말 중요한 건 무엇인지 끝을 보고 싶었다. 머지않은 미래의 어느 날, 우리에게 말을 걸어 올 난폭한 혼돈의 시간을 위한 통과 시험. 지금이 바로 그 순간일 수도 있고 전혀 아닐 수도 있다. 미묘한 차이도 잘 판단할 줄 아는 나의 분별력이 그때만은 제구실을 다하지 못했다. 라이오넬에게 내 욕망을 확실히 노출시켰던 건 아니냐고 말하는 사람들도 있을 수 있겠다. 라이오넬은 곱슬머리 코르시카인처럼 작지만 단단한 체구를 가진 남자였다. 체격에 비해 지나치게 통이 넓다 싶은 바지를 빨간색 멜빵으로 고정시켰는데, 타인과 비슷해지는 걸 경멸하는 그의 면모가 여실히 드러났다. 그는 고양이 같은 눈과 사람이 맥을 못 추게 하는 솔직함의 소유자였다. 「오직 당신뿐」이 끝나 가자 사람들 사이로 침묵과 동요가 동시에 흘렀다. 그런데도 그는 옆에 계속 붙어 내 머리카락 속에 입을 대고 속삭였다.

"날 믿지?"

난 그의 목에서 풍기는 뜨거운 빵 냄새를 맡으며 "아니
요."라고 대답했다. 잠시 후 그는 적당한 때라고 생각했는지
마음의 결정을 내릴 시간임을 알려 왔다.

"가지."

그건 불어 중에서 날 숨 막히게 하는 단어다. 난 항상
마음과 달리 "어디로 가는데요?" 하고 묻게 된다. 그러고 나
서야 그에 대한 답은 아무도 알지 못한다는 걸 깨닫는다. 라
이오넬이 객실 어느 문으로 날 이끌었고, 우리는 아가씨들
을 위해 준비해 놓은 방으로 들어갔다. 노란 벽, 맨발로 걸
어 다녀야 할 것 같은 새하얀 양탄자, 서랍장 위에 꽂혀 있는
흰 꽃이 눈에 들어왔다. 난 곧 훈장을 받을 군인처럼 씩씩하
게 누웠고 그 옆에 라이오넬이 누웠다. 우리는 옷을 벗지 않
았다. 망설임으로 우리의 호흡은 조금 가빠졌다. 서로를 진
정시키기 위해 손을 마주 잡았다. 내 안으로 밀려드는 나른
함이 그에게도 전해졌는지 그가 몸의 긴장을 풀었다.

"좀 도와줘. 넌 남다른 데가 있는 여자야."

이런 말은 흔히 불쾌한 모욕을 전제로 한다. 아니나다

　　　육체노동자

를까, 모욕적인 말이 이어졌다. 난 남자들에게 호기심을 불러일으키는 매력적인 여자이기는 하지만, 여자라기보다는 '남동생' 같은 존재일 뿐이었다. 수영 선수도 빠뜨려 죽이는 험한 파도에 떠밀려 다니는 순간에도 남자들을 속이고 거짓말하는 그런 부류의 여자들과는 거리가 멀었다. 난 빗물의 잔잔함만큼이나 차분하게 항의했다.

"내 아름다운 영혼은 제쳐 두고, 그럼 내게 뭐가 남죠?"

우리는 서로를 찾았다. 마침내 그가 내 몸 위로 덮쳐왔다. 그는 태풍을 불러올 수 있다고 생각했는지 몰라도 내게 온 건 산들바람일 뿐이었다. 그를 기죽이지 않으려고 나는 말했다.

"아뇨, 만지지 마세요. 안 되겠어요. 무서워요."

난 가슴에 보이지 않는 문신을 새기고, 심장엔 할머니와 빅토르의 이니셜이 새겨진 화살 두 개를 꽂은 채 이 세상에 나왔다. 종이로 만든 쌍뿔 모자를 매단 호두나무 장롱이 항상 깔끔하게 정돈되어 있고, 내 소지품을 놓아 둘 자리가 늘 마련되어 있는 그들의 집에서 난 사랑이라는 것을 했다.

폭력과 절망은 그 누구에게도 떠넘기려 하지 않았던 그들의 소망을 난 찬미했다. 그들이 유일하게 숭배하는 게 하나 있다면 바로 어떤 희생을 치르더라도 평범한 삶을 영위하는 것이었다. 그들은 신을 믿지 않았다. 신을 향해 살려 달라고 애원할 수밖에 없는 심연 속에서도, 머리카락으로 우리를 끌어 줄 게루빔의 품 안에서도, 그들은 신을 믿지 않았다. 빅토르는 게루빔 곁에서도 라이오넬과 함께하는 만족을 추구했을 것이다. 그들은 사랑에 대한 확신을 거부했다. 그냥 숨겨 두기만 하는 재산은 별 가치가 없음을 잘 알면서도 절약하는 쪽을 택했다.

그들에게 나는 대용물에 지나지 않았다는 생각을 가끔 해 본다. 불안한 행복 앞에서 실망을 조금이라도 줄이기 위해선 대용물만큼 좋은 게 없다. 죽은 새한테 하듯이, 엄마의 시신을 가슴에 안지 않고 그냥 자신의 기억 속에 묻으려 했던 할머니에게 난 허울뿐인 손녀였다. 이제 고인이 된 마르그리트 유르스나르 외에는 그 어떤 여자하고도 결혼하지 않았을 빅토르에게도 난 역시 허울뿐인 여자였다. 그는 항상 마르그리트 유르스나르에 관해 이야기했다. 그녀의 기품, 애매한 고전주의를 위해 동시대인들로부터 버림받은 재능, 자신의 성性을 지키기 위해 그녀가 당했던 경멸, 그녀의 늙어 감, 머리에 두른 그녀의 하얀색 스카프, 그 모든 게 그에게는 감탄하고도 혐오할 이유가 되었다. 빅토르는 미풍양속의 증명서와도 같은 홀아비의 거리로 걸어 들어갔다. 마르그리트에게도, 그에게도 아이는 없었다. 그런데 그는 대신해 줄 끈을 발견했다. 라이오넬이 그 끈이었다.

라이오넬과 내가 벌인 장난은 유치원에서 어린아이를 벌주는 수준에도 미치지 못하는 것이었다. 필요하다면 베로니카를 증인으로 삼을 수도 있다. 그녀는 살짝 열린 문 틈으로 금빛 얼굴과 횃불처럼 틀어 올린 까만 머리를 들이밀었다.

"아이구, 내 큰 아가들, 재미있었어?"

그녀가 우리의 잠을 깨웠다. 우리는 하얀 침대 위에 펴진 노란색 담요를 조금도 흐트러뜨리지 않고 서로의 등을 맞댄 채 잠을 자고 있었다. 그녀가 지겹다는 듯이 투덜거렸다.

라이오넬에 대해 내가 알고 있는 게 뭐더라? 그는 사랑이 넘치는 집안의 셋째 아들이다. 그의 아버지는 트럭에 청바지를 신고 다니며 팔았다. 그는 열세 살 때부터 수업을 빼먹었기 때문에 1학년을 세 번이나 다녔다. 곱슬머리의 착한 소년이었던 그는 오후 내내 샹젤리제 거리를 배회하며 전자 장난감 가게와 만화 가게의 진열창에 이마를 대고 시간을 보냈다. 라이오넬 못지않게 착해 보이는 한 남자가 다가와 쇼윈도를 유심히 들여다보았다. 라이오넬은 재빠르게 뭔가를 제안하는 목소리를 들었다.

"너에게 뭔가 선물하고 싶은데?"

고집스럽게 학교에 가지 않던 그 아이는 고개를 저으며 싫다는 뜻을 표시했다. 등 뒤의 목소리가 점점 딱딱해졌다.

"돈을 주는 건 어때?"

그것은 바로 암호였다. 라이오넬은 내 생각이 어떤지 물었다.

"왜 물어요?"

그의 얼굴에 벌을 받으면서도 의기양양한 듯한 표정이 번졌다.

"난 좋아, 너무 좋아. 위험을 무릅쓴다는 거. 너만은 잘 알거야."

육체노동자

"난 이미 잊어버렸어요. 그거 어리석은 짓이에요, 안 그래요?"

"아니, 오히려 능력이지."

난 그의 상냥함이 거짓이며 원래 그의 기질은 차갑다는 걸 눈치챘다. 불청객이 나타났을 때 바로 앞에서 문을 꽝하고 닫는 것처럼 그는 자신의 코로 내 눈을 닫았다. 서로 주고받을 대단한 이야기가 있는 것도 아니지만 할 말이 다 끝난 게 아니라는 느낌이었다. 어쨌든 우리는 다시 잠든 척했다. 난 침대 옆에 서 있는 반짝이는 전신 거울을 통해 우리의 모습을 뚫어지게 바라보았다. 거울 속에서 라이오넬은 빨간색 멜빵이 가는 줄무늬처럼 들어가 있는 베이지색 공이 되어 구르고 있었다. 거울이 약간 비스듬히 놓여 있는 탓에 실제보다 날씬한 모습으로 나는 그의 곁에 누워 있었다. 지나치다 싶게 몸에 딱 달라붙는(실수였다) 까만색 새 스웨터와 스코틀랜드식 회색 킬트가 보육원에서 빌려 입은 옷처럼 느껴졌다. 현실 세계의 생활을 둘러싸고 있는 건 환멸과 그에 따르는 웃음이다.

난 흥분하여 천장을 향해 중얼거렸다.

"끔찍해."

당연한 일의 순서인 양, 난 날이 새자마자 트리니테 성당으로 달려가 빅토르 앞에 벌겋게 달아오른 얼굴을 내밀었다. 그냥 말 안 하고 넘어가고 싶었지만 그럴 수는 없었다. 내가 라이오넬과 있었던 공허한 이야기를 털어놓으면, 빅토르가 용기 내어 내게 손을 내밀지도 모른다는 생각을 했다. 그리고 시간이 좀 지나면 분노와 경멸이 그를 사로잡고, 비참함의 소용돌이가 그를 내 쪽으로 몰아붙일지도 모른다고. 하지만 지금으로서는 간신히 문지방만을 넘어, 빨간 스테인드글라스 앞에 벌을 서고 있는 형편이었다. 난 잘못을 저질렀다는 첫 번째 암시를 했다.

"당신의 그 시답잖은 차를 끼었고 싶으면 그렇게 해요. 하지만 내 사생활은 참견 말아요."

이보다 더 빅토르를 신나게 할 수 있는 일은 없을 것이다. 그는 응접실을 이리저리 돌아다녔다. 양손을 주머니에 찔러 넣고 어깨를 곤추세웠다. 그는 색이 엷게 바랜 청바지를 입고 있었다. 하지만 10년 전만 해도 그런 청바지를 입는 사람은 별로 없었다. 라이오넬의 빨간색 멜빵과 비교할 수밖에 없었다. 빅토르는 아무 말도 못 하고 몸만 비비 꼬이게 만드는 장난기 가득한 눈으로 날 바라보았다. 내가 어떤 옷차림을 하고 있었다는 건지 잘 모르겠다. 빅토르는, 소설 속에서는 작중인물에게 옷을 입혀야지 벌거벗은 몸으로 그냥 돌아다니게 내버려둬서는 안 된다고 말했다. 하지만 바로 그날, 난 처음으로 노동의학을 공부하는 엑스선 촬영기사가 재미있어할 내 쇄골과 허리의 미세한 뼈들, 갸름한 반원형 늑골들이 빅토르의 호기심을 자아내고 있음을 알았다. 내 몸을 어디다 두어야 할지 몰랐다. 난 우리가 서로를 겁내고 있으며 그게 우리가 서로 만나고 싶어 하는 이유라는 걸 깨달았다. 요컨대, 두려워한다는 건 정말 감미로운 일이다. 빅토르는 내 신랄한 감정(완곡한 표현이다)에 대상이 없다는 걸 알아서 그런지 끄떡도 하지 않았다. 라이오넬은 육신을 이용하여 문제를 서둘러 해결하려는 사람이었다. 빅토르는 품위 있고 소란과는 거리가 먼 차를 끼얹으려 했다. 그렇다, 차는 정숙한 음료이다.

"그 얘기들을 다 할 만큼 어리석은 거야? 사랑의 폭발,

슬픔의 절정인가? 네 할머니, 도로 환경미화원, 사제 얘기
도 다 그런 거야?"

나는 내 특유의 재치로 응수했다.

"저질. 아가씨들 뒤를 따라 달리기만 하지, 그들을 붙
잡으려고는 하지 않는 소년이 하나 있죠."

"그런데 넌 어떻게 나한테 잡혔니?"

원한과 불쾌감으로 가득한 그 외침은 내 이해력의 한
계를 넘어섰다. 할머니는 한 사람의 명예가 걸려 있지 않는
한 어떤 모욕도 그냥 무시하라고 항상 내게 충고했다. 빅토
르는 터무니없이 노여운 눈으로 날 바라보았고, 난 그를 추
억할 만한 존재로 남기기 위해 사진 찍는 시늉을 했다.

"한 번 더. 눈은 더 음침하게. 완벽해요. 고마워요."

윤기 없는 그의 뺨에 두 줄의 주름이 생기고, 비로소
얼굴에 미소가 떠올랐다. 생기라곤 전혀 없는 미소.

"네가 나에게 뭘 기대하고 있는지 정확히 알고나 있는
거니?"

"내 위안이 되는 거."

"뭐라고?"

"동기는 찾아내기 나름이에요."

그는 그저 어깨를 으쓱하며 내게 등을 돌리더니, 유리창 하나를 열고 밖으로 몸을 내밀어 정원 냄새를 맡았다. 천천히 하품하는 소리가 들려왔고, 왜 공부할 시간을 나와 함께 낭비하는지 큰 소리로 자신에게 묻는 소리가 들렸다. 그는 곧 본연의 친절함을 되찾았고 나는 또 거기에 속아 넘어갔다.

"그 사람을 알고 싶어요? 라이오넬이라던데."

"아니."

무뚝뚝하고 확고한 대답이었다.

앞으로 내가 들러리라는 어정쩡한 위치를 자주 체감하리라는 건 굳이 예측하고 말고 할 필요가 없는 뻔한 일이었다.

며칠 후 빅토르, 세베로, 라이오넬, 그리고 나까지 우리 넷은 블랑슈 광장에 있는, 요상하게 머리를 틀어 올린 한 부인이 운영하는 식당에서 함께 저녁을 먹었다. 안에는 비녀로 틀을 잡고, 밑부분을 공처럼 둥글게 만 말총으로 떠받친, 오벨리스크 같은 머리 모양을 한 부인이었다. 그런 머리 모양을 하고서는 목침을 베고 잠을 자야만 할 것 같았다. 빅토르가 우리를 그곳에 데리고 간 것은 '어린애를 즐겁게 해주기' 위해서였다. 현관에 나타난 라이오넬의 굳게 다문 입술, 빨간색 멜빵, 곱슬곱슬한 머리, 초등학생용 가방을 보고 빅토르가 한 말이었다. 그 게으름뱅이 남자가 그날은 한 치의 허술함도 없이 완벽한 준비를 하고 나왔다. 타협할 줄 모르는 초록색 눈으로 사람을 진득하게 바라봄으로써 전혀 인색하지 않게 자신의 열광적인 감탄을 표현했다. 그는 백포도주, 치즈, 럼주에 적신 건포도를 넣은 카스텔라, 그리고 그 밖의 것들도 거침없이 많이 먹었다. 돈을 쓰는 데 인색한 빅토르였지만 그날만큼은 계산서의 길이에 별로 신경을 쓰지 않는 눈치였다. 그가 평상시와는 사뭇 다른 자연스러운 미소를 지으며 말했다.

"이 친구야, 그렇게 게걸스럽게 먹어서야 되겠어?"

라이오넬은 그제야 포크를 내려놓았다. 그는 난처함을 모면하기 위한 적절한 표현을 찾아냈다.

"당신과 식탁에 좀 더 오래 앉아 있으려고 말야."

잘 생각해 보면, 라이오넬이 내게 빅토르와 마지막 작별 인사를 할 기회를 주지 않은 이유를 이해할 것도 같다. 빅토르가 내게 쓴 편지를 부치기 전에 그가 봉투를 뜯어 내용을 읽어 보았다는 확신이 들었다. 펜촉은 종이가 깊이 눌린 자국을 만들어 냈고, 군데군데 편지를 찢어 놓았다. 뭔가를 강조하기 위해 *스스로를* 꼿꼿이 세울 힘이 펜촉에게 있었던 건 아니지만, 그래도 펜촉은 자신의 역할을 충실히 이행했다. 펜은 단어 사이를 헤치고 나아가며 말들을 향해 조금씩 기어갔다. 마치 스크립터의 손이 웃음으로 흔들리는 것처럼, 개중에는 펜촉을 사용하며 작은 얼룩들을 만드는 사람들이 있다. 가슴 아프게도, 심장을 덮고 있는 살갗 위에서 여행용 반창고로 붙여 고정시킨 편지를 만지고 있자니, 흔들리는 빅토르의 얼굴이 내 안에서 되살아났다. 마지막 수줍음으로 눈부시게 빛나는 까만 눈 위로 내리는 그의 긴 눈꺼풀 커튼.

　　방 안 가득한 에테르 냄새를 맡는다. 주사를 놓기 위해 꽉 졸라맨 팔 위로 몸을 숙이고 있는 테스트의 신중하고 성실한 모습을 그려 본다.

내가 그 자리에 있었던 건 아니라서 이것저것 많은 것들을 그저 상상해 볼 뿐이다. 이치에 맞게 나 자신을 설득한다. 이제 더 이상 에테르는 사용하지 않는다. 그리고 굵은 첫 눈송이가 창유리를 덮어 시야가 하얗게 가려지는 걸 바라보는 동안, 그의 등 뒤에선 감춰진 주입관을 통해 약의 복용량이 조절된다. 그가 내 생각을 하지 않았다는 것쯤은 알고 있다. 그는 바로 전날 등기로 내게 편지를 부쳤다.

안녕, 크리스틴. 연결어의 의미를 판단하는 일은 너에게 맡긴다. 처음엔 단순히 옷을 걸치는 식으로 시작하지만 (신문 기사라는 게 그런 식으로 쓰인 글이지), 그러다 보면 각 계절마다 거기에 맞는 옷들을 다양하게 구비하고 있는 널 보게 될 거다. 그리고 살아남은 사람들, 시간, 그 모든 것들의 무게, 말의 질서와 주고받은 대화의 본질을 실패작이 아닌 훌륭한 소설로 만들 의무를 떠안고 서 있는 너도 보게 될 거야.
크리스틴, 넌 보랏빛 원피스를 입고, ……눈을 가진(네 눈에 대해선 적당한 표현이 떠오르지 않는구나) 미인이야. 그리고 늘씬하게 긴 다리와 빨간색 매니큐어를 칠한 발톱을 갖고 있지.

신념이라고는 찾아볼 수 없는 여자가 너지만 그래도 계속 사랑받기를 바란다. (아쉴과 결혼하렴. 그럴 수도 있는 일 아니겠니.)

10년 동안 단 하루도 네 꿈을 꾼 적이 없는데, 하루는 잠을 자다 열대지방에 있는 너를 보았다. 네가 강 쪽으로 비스듬히 기운 나무 줄기에 몸을 쭉 펴고 기대서 있더라. 네 옆에 다가선 순간, 나무 밑동에 도마뱀이 몸을 사리고 있는 걸 발견했다. 내가 질겁을 하며 도마뱀을 쫓으려 하자, 네가 웃으면서 '정말로' 보지 못했다고 우기지 뭐냐. 너는 도마뱀의 뺨을 톡톡 건드렸고 도마뱀은 흐르는 물속으로 도망쳐 버렸다. 그러고 나자 제법 전문가다운 태도로 내게 설명을 해 주더구나. 녀석들의 꼬리를 건드렸을 때 그들이 보여 주는 반응이란 게 정말 신기하지 않느냐고. 난 속으로 중얼거렸다. 크리스틴이라는 이 소녀는 정말 호기심이 강한 아이구나. 그리고 나는 웃었다. 얼마나 그럴 수 있을까?

난 오늘 널 맥빠지지 않게 하기 위해 그리고 나 스스로 똑바로 서기 위해 나 자신에게 강요했던 침묵의 약속을 깬다.

물론 넌 그 사실을 짐작하지 못했고, 이해하지 못했어. 넌 영원히 날 알지 못할 거다. 그렇기는 하지만 난 그 약속을 조금 깨려 한다. 파기하려는 게 아니라. 웃음거리밖에는 안 되는 변명이지. 코르뒤레로 가려면 퐁텐 드 보클뤼즈를 지나야 하는데, 분명 지금까지 눈여겨본 적이 없는 표지판이 하나 있단다. 거기에 쓰여 있는 글을 보렴. '폐쇄 계곡에 오신 걸 환영합니다.'라고 쓰여 있단다. 그리스 정교를 믿는 지역에 살면서 로마 카톨릭의 전례를 따르는 프로방스 지방 사람들이 생각해 낸 그 깜찍스러운 장난을 한번 상상해 봐. 사실, 문은 항상 열려 있거나 항상 닫혀 있는 게 아니다. 대부분은 두 가지 경우가 공존하지. 그게 진실이다.

일찍 감돌기 시작한 2월의 어둠 속에서 우리는 한 낯선 고장으로 들어섰다. 난 운전사에게 아비뇽이 아니라 오랑주로 해서 고속도로를 빠져나가자고 요구했다. 그는 직업의식을 어쩌지 못하고 그 길로 가면 한참 돌아가는 꼴이라고 말했다. 난 오늘이 퐁텐 드 보클뤼즈에서 5백 년 전부터 경축해 온 페트라르카의 생일도 아닌데 꼭 그곳을 거쳐

육체노동자

갈 필요는 없지 않겠느냐고 대답했다. 난 아무래도 좋다고 했고, 그는 내 말뜻을 이해했는지 더 이상 간섭하지 않았다.

　다리를 건너자, 한쪽은 바위 절벽이고 맞은편은 대나무밭인 좁고 푸른 길이 나왔다. 또 그 길을 지나자 고원이 점점 더 크게 다가왔고, 골짜기가 펼쳐졌다. 우리는 포도밭 사이에 잠겼다. 우리는 다시 빙빙 선회하며 정상까지 올라가야 했다.

　우리가 들어선 마을은 절벽과 맞닿아 있었고, 마을 끝에는 폐허가 된 성 한 채가 있었다. 어느 곳과도 연결이 되지 않는 마을이었다. 자동차들은 마을 입구를 지키는 로마식 아치 밑을 통과할 수 없었고, 마을 분수 앞에 차를 세워야 했다. 리무진의 헤드라이트가 켜지자, 습관처럼 물을 토해 내는 네 개의 작은 이무기 돌 끝에 매달린 종유석이 땅 위에 그림자를 만들었다. 헤드라이트 불빛 사이로 분수가에 앉아 우리를 기다리고 있던 자크가 보였다. 군용 파카를 입고 목뒤에 달린 후드를 이마까지 끌어당겨 쓴 모습으로 삽을 들고 있었다. 어둠 속에서도 그의 눈은 잔잔한 하늘빛이었다. 자크는 마치 얼음 조각으로 변한 모습이였지만, 난 그를 보며 따스함을 느꼈다. 그는 라이오넬에게 전화를 걸어 모든 걸 완벽하게 준비해 두었다고 말했다.

　그 후의 해프닝을 나로서는 납득할 수가 없었다. 자크가 갑자기 차를 향해 뛰어오더니 보닛 위로 삽을 던졌다. 그는 울부짖었다.

　"꺼져! 꺼지라니까! 빅토르도 필요 없고, 내일이 되기 전까지는 당신도 필요 없어."

　운전사는 하는 수 없이 언덕길을 되돌아 내려갔다. 달리 다른 방도가 없었다. 그 역시 뭐라고 소리를 질렀는데 나는 듣지 못했다. 마침내 그가 잠잠해졌다. 난 립스틱을 다시 발랐다. 될 수 있는 한 멋져 보여야 했다.

　카르팡트라에서 우리는 호텔마다 기웃거려야 했다. 가는 호텔마다 차고 문을 내릴 수 있는 주차장이 있느냐고 물었기 때문이다. 생시프렝 거리에 있는 한 호텔 접수대에서, 파마머리의 상냥한 부인은 별걸 다 묻는다는 듯이 놀라움을 표했다.

　"왜 그러시죠? 여기 도둑 없어요."

　나는 말했다.

"차에 관이 들어 있어서요."

그녀가 낄낄거렸다.

"그리고 그 안에 누가 누워 있거든요."

나는 아주 공손하게 또 말했다.

그녀가 또 낄낄거리며 웃었다. 이번엔 숨이 넘어갈 듯한 웃음이었다. 날 창녀 보듯 바라보며 턱을 만지작거렸다. 그녀는 계속 아무 말도 하지 않았다. 빨간 블라우스 속에 파묻힌 그녀의 얼굴이 창백해졌다. 까만색 숄을 어깨에 두르며 그녀는 차고 쪽을 손으로 가리켰다. 우리는 타이어와 바퀴와 짐수레들이 줄줄이 늘어서 있는 벽 중간쯤에서 사각 발판 위에 빅토르를 내려놓았다. 난 운전사에게 이제 가도 좋다고 말하고는, 경건한 마음으로 아쉴을 생각하며 흰여우 모피로 몸을 꼭 감쌌다.

난 손수레 위에 앉아, 빅토르 옆에서 아침이 올 때까지 추위를 꾹 참고 견디리라 마음먹었다. 누군가 소리 높여 이렇게 말하는 걸 들었다면, '어쩜 저렇게 바보 같을까'라고 생각했을 바로 그 말을 난 그에게 나지막하게 중얼거렸다.

"걱정하지 말아요. 당신을 혼자 내버려두지는 않을 테

니까, 절대로."

그러고 나자, 어떤 한 영상이 머릿속을 맴돌았고 나는 갑자기 웃고 싶어졌다.

— 우리가 함께 보내는 최초의 밤이군요.

살갗을 벗겨 내야만
지울 수 있는 문신 같은 사랑

몇십 년 만에 눈이 쏟아지기 시작한 파리의 이른 아침, 크리스틴은 빅토르와 여행을 떠나기 위해 부랴부랴 짐을 챙겨 집을 나선다. 하지만 그 여행은 멋진 차를 타고 아름다운 고장으로 향하는 여행이 아니다. 다시는 만질 수도, 볼 수도 없는 영원한 이별을 향한 여정이다.

이 소설은 크리스틴이 이른 아침에 집을 나서 코르뒤레에 도착하기까지 하루동안 펼쳐지는 이야기이다. 그러나 그 하루 안에는 그녀가 빅토르를 사랑해 온 10년의 시간이

오롯이 녹아 있다. 이미 예술가의 손을 떠난 그림처럼, 더 이상 덧칠할 수 없는 남자 빅토르. 그녀는 그를 사랑했지만 한 번도 그의 시선을 온전히 독차지한 적이 없었다. 그동안 크리스틴은 사랑이든 아니든 간에 스물일곱 명의 애인을 만났고, 현재는 아쉴이라는 중년의 남자와 함께하고 있지만, 빅토르는 여전히 견디고 싶은 무게, 살갗을 벗겨 내야만 지울 수 있는 아름다운 문신처럼 그녀 안에 남아 있다.

소설의 등장인물들이 빚어 내는 상처투성이 감정들의 파노라마는 감동적이다. 상처가 많아 위험하지만 그래서 더욱 감동적이다. 사랑과 배려와 안타까움과 믿음은 물론이고 시기와 원망과 비웃음과 분노까지도 그렇다. 심지어는 죽음으로 가는 길마저 아름답다.

사랑하는 남자의 마지막 편지를 가슴 위에 반창고를 붙여 고정시킨 한 여자가 그를 땅에 묻기 위해 눈덮인 길을 달린다. 그리고 그를 만난 지 10년 만에 처음으로 함께 온밤을 꼬박 지낸다. 그의 주검과 함께.

옮긴이의 말

책을 읽는 동안 짧지만은 않은 삶의 순간순간들을 되짚어본다. 많은 것들이 기억난다. 좀 헐값에 샀다 싶은 것도 없고 터무니없이 비싼 값을 치렀다고 생각되는 것도 있다. 현재의 삶을 무차별 공격하며 인기척 한번 없이 다가와 슬며시 팔짱을 끼는 추억이라는 것도 따지고 보니 그에 상응하는 값을 치르고 나서야 얻어 낸 값비싼 녀석이었다. 살아가는 데 공짜란 없다. 크리스틴의 할머니 말처럼.

"인생이란 일종의 대형 백화점과 같다. 일단 그 안에 들어서면 물건을 구입하고 값을 지불해야만 하는 것이다."

육체노동자

초　　판 1쇄 발행　1999년 10월 30일
개정판 1쇄 인쇄　2025년　4월 25일
개정판 1쇄 발행　2025년　5월 15일

지은이　클레르 갈루아
옮긴이　오명숙
펴낸이　정중모
펴낸곳　도서출판 열림원
출판등록　1980년 5월 19일(제406-2000-000204호)
주소　경기도 파주시 회동길 152
전화　031-955-0700
팩스　031-955-0661
홈페이지　www.yolimwon.com
이메일　editor@yolimwon.com
페이스북　/yolimwon
트위터　@yolimwon
인스타그램　@yolimwon

기획　정진우 정재우
주간　김종숙
책임편집　김혜원
편집　김은혜 정소영
디자인　강희철
마케팅 홍보　김선규 고다희
디지털콘텐츠　구지영
제작 관리　윤준수 고은정 김선애

표지 본문 디자인　석윤이 정재우

ISBN 979-11-7040-308-1　04860
ISBN 979-11-7040-064-6　(세트)